Monika Helfer
Die wilden Kinder
Roman

Piper München Zürich

Von Monika Helfer liegen in der Serie Piper außerdem vor:
Oskar und Lilli (2165)
Der Neffe (1829)

Ungekürzte Taschenbuchausgabe
1. Auflage Februar 1987
2. Auflage Januar 1998
© 1984 Piper Verlag GmbH, München
Umschlag: Büro Hamburg
Simone Leitenberger, Susanne Schmitt, Annette Hartwig
Foto Umschlagvorderseite: Tatsuya Morita/photonica
Satz: Kösel, Kempten
Druck und Bindung: Clausen & Bosse, Leck
Printed in Germany   ISBN 3-492-20659-X

Die Angela war auf einmal verschwunden.
Niemand hat gewußt, wohin. Mir hat das keine Ruhe gelassen. In der Schule war sie krankgemeldet. Ihre Mutter wollte nicht, daß sie ins Gerede kommt. Aber dann ist nach drei Tagen von der Polizei aus ein Bild in unserer Zeitung erschienen, und alle haben es gewußt. Ich habe das Bild ausgeschnitten. Auf dem Bild sieht die Angela schön aus, aber nicht so schön wie in Wirklichkeit. Einmal hat ein Bub aus dem Gymnasium von der Angela gesagt, daß sie ein geiles Weib ist. Dabei hat er sie überhaupt nicht gekannt. Unter dem Zeitungsbild ist gestanden: Angela Agostini, 14 Jahre alt, seit 4 Tagen verschwunden. Grüne Augen, lange blonde Haare. Angela Agostini trägt ein blaues indisches Kleid mit Goldtupfen und braune Sandalen.
Zwei Polizisten waren bei uns und haben mich ausgefragt, weil ich ihre beste Freundin bin. Sie wollten wissen, wo wir uns herumtreiben, wenn wir so zusammen sind, »ihr seid doch immer zusammen, sagt ihre Mutter«.
Das schon. Das stimmt. Wir sind fast immer zusammen. Aber ich weiß nichts. Ich kann doch den Polizisten nicht sagen, daß die Angela jedem Mann den Kopf verdreht, ganz egal, wie alt er ist und wie er aussieht. »Weil das so kribbelig ist«, sagt sie. Das kann ich doch nicht sagen.
Einmal haben wir uns geschminkt, so zum Spaß, mit

den Schminksachen von Angelas Mutter, die Frau Agostini, die hat eine Menge von dem Zeug. Ich hab mich kaum wiedererkannt. Wir waren übermütig und sind so angemalt zum See. Ein ungefähr vierzigjähriger Mann hat uns angeredet, ich meine, eigentlich nur die Angela. Ich hab mich geniert und die Hand vor das Gesicht gehalten. Die Angela hat gelächelt, weil sie so am besten wirkt. Der Mann ist mit zwei Tüten Eis vor uns stehengeblieben, Himbeereis für Angela und Zitroneneis für mich.
»Wassereis«, hat die Angela gesagt und die Nase gerümpft. Da hat der Mann die Eistüten in den Papierkorb geschmissen und ist wortlos weggegangen. Der Angela hat das wahnsinnig imponiert, weil der so cool war.
»Sicher kommt er mit Cremeeis zurück«, hat sie gesagt. Ich hab nur gesagt: »Du spinnst«. Und ich spinne wirklich, der ist nämlich mit Cremeeis zurückgekommen und hat sich vor der Angela verbeugt. Weggegangen ist er ohne ein Wort, und sie hat sich so aufgeregt, daß sie gleich eine Zigarette hinunterziehen wollte.
Zweimal noch hat die Angela den Mann getroffen. Das hat sie mir erzählt, aber leider nicht ausführlich.
Das wird es sein. Genau das, hab ich mir gedacht. Aber ich werde mich hüten, Mutmaßungen zu verbreiten. Das kann ins Auge gehen. Ich weiß das von meiner unglücklichen Tante. Die hat irgendwann stur und steif behauptet, ihr Mann sei bei der und der Frau, und hat ihre halbe Verwandtschaft auf diese Person angesetzt. Und die war total unschuldig.

Am ersten Ferientag war die Angela immer noch nicht da. Ich hab keine Ruhe gehabt. Am Mittwoch hab ich

Äpfel gekauft und sie Angelas Mutter gebracht. Sie ist eine Wienerin und hält viel auf den Apfelstrudel. Sie war beim Klavierspielen und hat einen vollen Mund gehabt. Sie hat mich mit vollem Mund begrüßt und so geheult, daß ich auch geheult habe. Arm war sie, und die Katzen haben die ganze Wohnung vollgeschissen, und immer hat Angelas Mutter gesagt: »Ich schaff das nicht mehr. Einfach weggegangen das Kind, ohne ein Wort...« Ich hab einen Putzlumpen geholt und die Wohnung mit zugehaltener Nase aufgewischt. Dann wollte mich Angelas Mutter noch zu Kartoffeln mit Margarine einladen. Mir war ganz schlecht. Echt, zum Kotzen. Den Putzlumpen hab ich in die Badewanne geschmissen und mit der Brause abgebrüht. Das Auswinden hätte mich zu sehr gegraust. Menschenskind, hab ich mir gedacht, jetzt ist sie doch ganz allein und hat so einen Sauhaufen! Überall halbvolle Weingläser.
»Finden sie es denn nicht heiß«, hab ich sie gefragt. Ich wollte unbedingt, daß ein Fenster aufgemacht wird. »Gehen Sie einmal zu meiner Mutter. Mit der kann man gut reden.«
Aber sie hat nur gesagt: »Dann muß ich mir die Haare waschen und ich kenne deine Mutter ja kaum.«
Ich hab dann noch gesagt: »Ziehen Sie doch den geblümten Rock an, und kämmen Sie die Haare einfach nach hinten. Dann wirken Sie so italienisch.«
Aber das hat alles keinen Sinn gehabt.

Meine Mutter hab ich beim Duschen gestört. Sie war seifig und grantig und hat gesagt, »stör mich nicht, sonst rutsche ich«. Ich hab ihr den Rücken abgerieben und die Haare durchgewaschen. Da ist sie ganz zufrieden dagesessen. Ich hab mir denken müssen, daß meine Mutter ohne Kleider aussieht wie jemand, den ich nicht richtig kenne. Ich hab ihr von Angelas Mutter erzählt, und da war sie wirklich vernünftig. Sie wollte hingehen und sie zum Abendessen herholen.

Obwohl meine Mutter schon vier Kinder auf die Welt gesetzt hat, sieht sie noch schön aus und gar nicht faltig. Ich hab mich schon wahnsinnig oft umgewöhnen müssen. Wir haben nämlich zuerst auf dem Land gewohnt, und deshalb liebe ich die Tiere so. Wenn die Kälblein im Frühling das erste Mal auf die Weide hüpfen, das ist ein schöner Anblick. Oder wenn die Kühe im Winter beim Abwärtslaufen auf dem Eis ausrutschen. Da hab ich mich das erste Mal umgewöhnen müssen, weil meine Mutter eines Tages auf einmal nicht mehr da war.
Ich hab einen Bruder, der ist zwei Jahre älter als ich. Moritz. Als meine Mutter wiedergekommen ist, bin ich zur Schule gegangen und hatte auch schon ein halbes Heft vollgeschrieben. Dann ist mein Vater weggegangen, da hab ich mich das zweite Mal umgewöhnen müssen.
Meine Mutter ist mit uns in die Stadt gezogen, in kein vornehmes Viertel. Wir haben nie Geld gehabt, da wars besonders arg. Mein Bruder und ich haben uns im Bett immer Speisen ausgedacht, er Fleischgerichte und ich Desserts. Meine Mutter hat als Telephonistin gearbeitet und war immer wahnsinnig nervös. Wir haben oft Besuch bekommen, dabei war auch ein Mann mit einem Schäferhund. Vor dem Hund hat meine Mutter große Angst gehabt. Sie wollte immer, daß er mit Haferflocken versorgt wird und den Mund voll hat, damit er nicht zum Beißen kommt.
Meinen richtigen Vater habe ich manchmal auf dem

Schulweg getroffen. Einmal hat er mir eine Hose gekauft, die eng war und schön, aber leider zu lang. Die hat dann meine Mutter getragen. Der Mann mit dem Schäferhund ist mein Zweitvater geworden. Er hat meine Mutter genommen, aber das Hochzeitsfest war langweilig. War ich froh, daß der Hund da war! Mein Bruder hat sich mit einem bärtigen Mann über die Anziehungskraft der Erde unterhalten, und meine Mutter und der Zweitvater haben sich abgeschmust. Ich hab gehört, wie der bärtige Mann zu einer Frau, von der ich den Namen nicht weiß, gesagt hat: »Das ist eine rein erotische Beziehung«.

Der Bärtige ist ein Freund meines Zweitvaters. Einmal hat sich meine Mutter furchtbar aufgeregt, weil der Bärtige in seinem Suff zu faul war, aufs Klo zu gehen, und in den Gummibaum gebrunzt hat. Der Baum ist dann auch verreckt. Ich weiß bis heute nicht, was mein Zweitvater für einen Beruf gehabt hat. Das war ein großes Problem in der Schule. Ich hab gesagt, er arbeitet für eine ausländische Zeitung, er kann Französisch und Spanisch und Persisch. Ich hab einmal in die Schule eine englische Zeitung mitgenommen und sie der Frau Popp gezeigt. Einen Artikel über einen Maler. Ich hab gesagt, das hat mein Vater auf Englisch unter angenommenem Namen geschrieben. Englisch kann er nämlich zudem noch.

Dann hat meine Mutter, so schnell es nur gehen kann, zwei Kinder geboren, die immer wahnsinnig gebrüllt haben. Das kleinste war ein Mädchen und ist an einer Krankheit mit Fieber und Bläschen im Gesicht gestorben. Da war meine Mutter eine Zeitlang wie weg vom Fenster. Ich weiß noch, daß immer ein Affentheater wegen dem Schäferhund war, und man hat ihn auch zum Erschießen weggetan. Ich war in dieser Zeit gerade fest mit meinem Bruder verbündet, und da hat man mich auch weggetan, nämlich zu einer kinderlosen Tante mit einem Aquarium. Einmal bin ich der Tante durchgebrannt, das hat sie nicht gemerkt, weil die fast nie daheim war und immer mit verschiedenen Männern unterwegs. Zuhause war nur meine Mutter an der Nähmaschine, und das übriggebliebene Kind ist mit dem Töpfchen auf dem Boden herumgerutscht. Mein älterer Bruder war gerade hinter dem Haus. Als die Mutter mich gesehen hat, hat sie gleich geweint, und ich hab auch geweint, und jetzt, bei der Mutter von Angela, hatte ich fast das gleiche Gefühl.

Mein Zweitvater hat sich im Ausland aufgehalten, und manchmal sind Karten angekommen, die ich dann in der Schule zum Beweis zeigen konnte. Die ganze Zeit war meine Mutter traurig. Manchmal hat sie ans Sterben gedacht. Obwohl sie doch nicht alt ist. Mein älterer Bruder und ich haben sie gegen alle Feinde beschützt und immer nach dem Klingeln durch die Türluke geprüft, ob es günstig ist. Einmal ist eine Frau von der Fürsorge dagewesen und hat uns über die Mutter ausgefragt und über das Essen. Sie hat sogar im Kinderzimmer unter die Betten geschaut, wegen dem Staub. Die Kuh hatte mein Erstvater vorbeigeschickt. Der wollte uns nämlich wieder zurückhaben, weil ihm seine Freundin durchgebrannt war. Mich wollte er besonders, und das war eine Ungerechtigkeit gegen meinen älteren Bruder, weil wir natürlich beide nicht von der Mutter wegwollten. Meine Mutter hat aus Not den Kasten ihrer Urgroßmutter verkauft mit den vielen winzigen Schublädchen. Die Schublädchen sind nie ausgeräumt worden, das wollte die Mutter nicht. Sie hat gesagt, das ist ein Frevel. Für den Kasten haben wir einen schönen Batzen Geld von einem Antiquitätenhändler bekommen. Dem ist beim Anschauen von der Mutter der Speichel aus dem Mundwinkel geronnen. Meine Mutter war nämlich da wieder schön.

Sie hat sich ein schwarzes Kostüm von ihrer Mutter umgenäht, eines mit einem ganz engen Rock, und Schuhe dazugekauft, und dann war sie eine Woche verreist, wohin, hat sie uns nicht sagen wollen. Sie hat uns zum Leben achthundertfünfzig Schilling gegeben und mir zur Verwaltung überlassen. Für jeden Tag einen Hunderter und fünfundsiebzig Schilling Taschengeld für meinen Bruder Moritz und mich.

Das übriggebliebene Kind ist zu meiner Aquarienfischtante gekommen, und es hat meinem Bruder und mir leidgetan. Nie ist die Tante daheim, wie es sich gehört. Wir haben das Kind aus dem Haus entführt, und die Tante hat sich nur leicht aufgeregt. Die hat es immer eilig gehabt. Das war schön in der Woche mit meinem Bruder und dem übriggebliebenen Kind. Wir waren eine richtige Familie. Ich hab aufpassen müssen, daß ich mit dem Haushaltsgeld nicht ins Schleudern komme. Jeden Tag hat es Spiegeleier gegeben und einen Streit, weil mein Bruder immer Süßigkeiten verlangt hat. Ich hab ihm erklärt, daß wir dafür kein Geld haben. Sein Taschengeld hat er am ersten Tag schon mit einem Tennisball und zwei Tafeln Marzipanschokolade vertan.

Gottseidank hat uns die Aquarienfischtante nie kontrolliert. Sie hat es nur angekündigt, damit wir manierlich sind. Das hab ich mir ja gleich gedacht. Einmal haben wir Hühnerschenkel zum Abnagen geholt, und da hat sich das übriggebliebene Kind verschluckt, daß es ganz rot im Gesichtchen angelaufen ist. Ich war so erschrocken und hab es gebeten, nicht auch noch wegzusterben. Ich hab dann in der Photokiste nachgeschaut, ob ein Bild von unserem verstorbenen Mädchen dabei ist, aber da war nichts. Als meine Mutter zurückgekommen ist mit viel Gepäck, wo sie doch fast ohne weggegangen war, hab ich gesagt: »Aber ich will mich nicht wieder umgewöhnen müssen«. Das hab ich gleich gespürt. Ich bin dann mit meinem älteren Bruder hinter das Haus, und er hat das gleiche gemeint. Er ist ein Stück größer als meine Mutter, er hat schöne Haare, breite Schultern und kriegt schon einen Schnurrbart. Meine Mutter hat gar keinen Respekt vor ihm. Und als er das auch gesagt hat mit dem Nichtwieder-umgewöhnen-Wollen, hat sie gesagt, daß wir keine Ahnung haben. Das finden wir bis heute ungerecht. Eine richtige Ungerechtigkeit ist das gewesen! Besonders gegen das übriggebliebene Kind. Ich will ja nicht sagen, daß es die Mutter gerne meinem Zweitvater überlassen hat. Aber sie hätte darum kämpfen müssen. Mein Zweitvater ist nämlich mit einem Tropenanzug und einem mittelgroßen Hund angekommen und wollte, daß ich dem Kind zum Weggehen eine Kappe aus dem oberen Fach hole. Das übriggebliebene Kind hat es immer mit den Ohren gehabt. Ich hab wahnsinnig geheult, und mein älterer Bruder ist ins Bett und hat sich zugedeckt.

Was dann gekommen ist, war Glück im Unglück. Meine Mutter hat ein drittes Mal geheiratet und gesagt, damit will sie es gut sein lassen. Das mit dem Drittvater hat uns bis heute jedenfalls noch nicht leidgetan. Er ist, wie mein Großvater sagt, wirklich die Seele von einem Menschen, und mein Großvater hat auch zu meinem

älteren Bruder gesagt, der wird die wilde Gudrun, so heißt meine Mutter, auch noch zur Ruhe bringen.
Wir lieben unseren Großvater. Der ist nämlich der echte Vater von meiner Mutter.

Peinlich ist das in der Schule. Ich kann doch nicht sagen, meine Mutter ist das dritte Mal verheiratet. Ein Kind ist mit Bläschen im Gesicht gestorben, eines ist in Afrika. Das gibts doch nur im Film oder in Amerika.
Ich hab mich mit meinem älteren Bruder besprochen, und der hat gesagt, daß ich das so machen soll: Einfach sagen, ich hab den dritten Vater, und zwei davon sind gestorben. Bei einem soll ich ein Herzversagen nehmen, und beim anderen einen Betriebsunfall. Weil das Gewöhnliche immer am Glaubwürdigsten ist.

Ja, und deshalb, weil meine Mutter doch auch ein verzwicktes Leben geführt hat, denke ich mir, müßte sie Angelas Mutter gut verstehen, und ich persönlich hätte es ganz gerne, wenn sie miteinander befreundet wären. Meinem älteren Bruder ist das wurscht. Das glaube ich aber nicht so ganz. Er kriegt nämlich bei der Angela rote Ohren.
Als meine Mutter aus der Badewanne heraus gesagt hat, daß sie Angelas Mutter zum Abendessen herholen will, war ich richtig froh, und mir ists im Herz ganz gemütlich geworden.
Aber das hat dann auch nichts genützt. Angelas Mutter hatte sich eingeschlossen und ist einfach nicht an die Tür gegangen.

Dann war sie wieder da, die Angela. Ist vor der Haustür gestanden und hat gesagt: »Gehst mit in die Stadt?«

Gehst mit in die Stadt, als ob nichts gewesen wär. Nichts hat sie erzählt. Wo sie doch sonst so geschwätzig ist. Ihrer Mutter nicht. Und nicht der Polizei. Was soll man da tun. Wie ein Indianer ist sie in der Küche gestanden, und Angelas Mutter hat gebrüllt, daß sie die Angela in ein Heim tun will mit Klosterfrauen.
Die Angela hat kein Gemüt. Sie ist an ihrer Mutter vorbei zur Tür hinausgehüpft und hat im Vorhof auf mich gewartet. Ich wollte auch an Angelas Mutter vorbei. Da hat sie mich auf einmal festgehalten und meinen Kopf an ihrem Bauch gerieben. Irgendwie hat das nach Zwiebeln gerochen. »Geh du wenigstens nicht«, hat sie leise gesagt, und ich hab mich losgerissen und bin mit der Angela in die Stadt.
Mir ist das gar nicht recht gewesen. Die Angela hat nur gesagt: »Gefällt dir mein Kleid? Hat meine Großmutter genäht. Das ist so fein kühl auf der Haut.«
»Hast du denn die ganze Zeit bei deiner Großmutter verbracht«, wollte ich wissen. »Hat dich der Mann mit dem Wassereis zu ihr hingetan?« Aber die Angela hat mich nur ausgelacht, und da hab ich sie auf einmal nicht mehr leiden mögen. Richtig geärgert hab ich mich und bin beim Gummi-Müller umgekehrt.
Ich wollte zu Angelas Mutter gehen und sagen: Sehen Sie, ich kann Ihnen aus Erfahrung sagen, daß auch die größten Schwierigkeiten vergehen. Ich weiß das von meiner Mutter. Wenn Sie wollen, kann ich Ihnen einmal von den Schwierigkeiten meiner Mutter erzählen.
Oder ich hab mir gedacht, ich sag: Gehen Sie doch wirklich zu meiner Mutter, die kann Ihnen bestimmt einen Rat geben. Wir hatten auch schon zwei Männer umsonst und ein totes Kind mit Bläschen und einen Schäferhund, der erschossen wurde. Das mit Afrika

wollte ich nicht sagen. Das ist mir auf einmal übertrieben vorgekommen. Und ich weiß auch nicht so genau. Ich hab mir das halt wegen dem Tropenanzug meines Zweitvaters gedacht, damals.
Oder ich hätte auch sagen können: Mein Drittvater gehört zu den vernünftigsten Menschen überhaupt. Er hat das meiste aus den Büchern. Und er wirkt wie eine Medizin.
Das mit der Medizin hat einmal meine Mutter gesagt. Ich bin durch den Park gerannt, und auf einmal ist mir die Angst gekommen, weil ich mir vorgestellt hab, daß mein Drittvater die Koffer mit Büchern vollpackt, seine Pflanzen in Obstkisten stellt und dann auf dem Bregenzer Bahnhof steht. Da ist mir das Halswürgen gekommen, und ich war so froh, daß mein Drittvater über einem Buch gesessen ist. Wir haben zusammen Kakao getrunken. Das vergesse ich nie, bis ich tot bin.
Einen Tag hab ich durchgehalten, daß die Angela Luft für mich ist. Als sie wieder dagestanden ist, hab ich gesagt: »Ich rede nur mit dir, wenn du mir erzählst, wo du in der Woche gewesen bist.«
»Tu ich aber nicht«, hat sie gesagt. Und dann hab ich sie vom Balkon aus ums Haus herumschwänzeln gesehen. Mir war fad. Ich war allein in der Wohnung. Ich hatte schon aufgeräumt, die Pflanzen besprüht und meine Hirschzunge umgetopft. Ein bißchen hab ich im Zimmer meines älteren Bruders herumgenast. Da hab ich einen Zettel gefunden, darauf ist gestanden *Du bist rassig*. Ich hab mir gedacht, sicher hat das ein Mädchen geschrieben, und gern hätte ich gewußt, ob ich sie kenne.
Wenn einem fad ist, kann man gar nichts Rechtes mit sich anfangen. Ich hab noch unbekannte Leute aus dem

Telephonbuch gestört. Das hat mir auch keinen Spaß gemacht. Zwischendurch hab ich immer zum Balkon hinuntergegückselt und die Angela beobachtet. Komisch war die angezogen! Sie ist auf dem kleinen Zaun gesessen mit ausgestreckten Beinen. Meingott, war das ein kurzer Rock! Dann hab ich gesehen, wie der Hausmeister gekommen ist, man darf sich nämlich nicht auf dem kleinen Zaun niederlassen. Ich hab gesehen, wie die Angela den Herrn Baumann angehimmelt hat. Der ist dann weggegangen, und sie hat sich wieder auf den kleinen Zaun gesetzt. Jetzt so, daß sie zu mir auf den Balkon blicken konnte. Sie hat mich bemerkt und gerufen: »Hast Lust auf einen Leberkäs?« Das hätte mich schon angemacht. Es war nämlich nichts Gescheites im Kühlschrank, nur Lachsersatz und so Dosenzeug. Ich hab mir überlegt, ob ich leise oder laut ja rufen soll. Da hab ich nur die Geste Hamham gemacht. Schon war die Angela an der Glocke und hat wie verrückt draufgedrückt.

»Wie gefall ich dir«, hat sie gefragt. »Das ist eine Bluse, die ich als Kleid verwende.«
»Spinnst du«, hab ich ich gesagt, »auf den ersten Blick hab ich gesehen, das ist bloß eine Bluse.«
Und sie: »Weißt du nicht, daß das der letzte Schrei ist?«
Kaum war die Angela in meinem Zimmer, hat sie schon herumgelästert, weil ich vorher alles so prächtig aufgeräumt hatte. Die Angela findet es viel chicer, wenn die Zimmer vergammelt aussehen.
»Leicht vergammelt ist gut«, hat sie gesagt und ist gleich mitsamt den Schuhen auf mein Bett gestiegen. »Und warum hast du das Fenster so weit offen? Da regnet es dir ins Bett.«

»Es regnet aber nicht«, hab ich gesagt, »und die Luft brauch ich zum Atmen.«
»Seit wann hast du ein Kreuz aufgehängt«, hat sie herumgelästert. Das hatte ich mir schon beim Aufhängen gedacht, daß sie das sagen wird.
»Also, los, fang an«, hab ich ungeduldig gesagt, »wo warst du in der Woche?«
»Ich würd ja schon erzählen«, hat die Angela gesagt, »aber ich hab schwören müssen, daß ichs nicht tu.«
Und außerdem sei alles viel komplizierter, als ich mir vorstellen könnte.
Das hat mich aufgeregt.
Sie redet doch sonst ohne Unterbruch und nur den größten Schwachsinn.
»Von mir aus«, hat sie endlich gesagt, »du fragst mich aus, und wenn du recht hast, nicke ich mit dem Kopf.«
»Warst du bei dem Mann, der uns das Eis geschenkt hat? Der hat dir doch mächtig imponiert. Was ist? Du wolltest doch nicken.«
»Das ist eine ungenaue Frage. Das Nicken ist falsch und das Nichtnicken auch. Ich kann dir aber etwas zeigen von der Woche. Die Kette da.«
Sie hat umständlich in ihrer Schminktasche gekramt und eine Silberkette herausgenommen.
Ich hab mich über die Schminktasche gewundert. Daß die ganz neu war, hab ich gleich gesehen, und die war angefüllt mit Wimperntusche und Puder, Lippenstift und so Zeug. Sogar ein Parfum hat die Angela gehabt.
»Nur leider kann ich die Kette nicht anziehen«, hat sie gesagt. »Außer, du würdest meiner Mutter sagen, daß ich sie von dir geschenkt bekommen habe. Ich könnte dir als Gegenleistung etwas von den Schminksachen schenken.«

»Nein. Deine Mutter lüge ich nicht an. Das ist mir zu anstrengend. Und außerdem tut sie mir leid.«
»Mir tut sie auch leid. Aber vergiß es. Glaub mir, die Wimperntusche würde deine Wimpern wahnsinnig gut zur Geltung bringen. Soll ichs an dir ausprobieren? Mit den Wimpern ist es so, daß sie nach unten hin hell zulaufen, und wenn das schwarz wird, das wirkt ultrabrutal.«
»Du willst mich bloß ablenken. Du vergißt, daß ich dich nur in mein Zimmer gelassen habe, wenn du mir von der Woche erzählst.«
»Sei doch nicht gleich so eklig. Alles mit der Ruhe und eins nach dem anderen. Also, die Wimperntusche ist abgelehnt. Frag ich halt sonstwen mit der Kette. Zum Glück gibt es noch andere Menschen, die mich lieben.«
»Weißt du, was ich mir denke? Ich denke mir, daß du mit dem Mann in seiner Wohnung warst. Du hast ihn angehimmelt, nur daß er dir Zeug schenkt.«
»Stimmt gar nicht«, hat sie mich unterbrochen, »aber red nur weiter, das macht Spaß.«
»Du, ich hab doch gesehen, wie du den Mann angeschaut hast. Mir ist das richtig unangenehm gewesen.«
»Dir wars nur unangenehm, weil er von dir nichts wissen wollte.«
»Du spinnst.« In meinem Leben könnte ich nicht mit einem Mann, den ich erst seit fünf Minuten kenne, so herumtun. »Also«, hab ich weitergedichtet, »der Mann hat dich mit dem Auto in eine andere Stadt gefahren. Der ist doch mindestens schon vierzig. Und da ist dann ein Wald gewesen. Sicher hat er ›mein Engel‹ zu dir gesagt oder so einen ähnlichen Scheiß.«
»Ach, hör doch auf, aus dir spricht der Neid. Ich mag dich, und du bist meine einzige Freundin, und deshalb

sage ich dir jetzt: Ich bin nämlich keine Jungfrau mehr. Aber wenn du das weitererzählst, bring ich dich um. Im Wald waren wir nicht, nur daß du das weißt. Und mir hat es auch Spaß gemacht.«
Da bin ich wahnsinnig erschrocken. Wenn ich mir das so genau vorstelle. Ob beide ganz nackt gewesen sind? Nein, sicher nur die Angela. Wahnsinnig. »Mensch, du spinnst ja! Du könntest unter Umständen sogar ein Kind kriegen.«
»Ach was, wir haben uns schon geschützt.«
Was soll denn das wieder heißen: geschützt. Ich weiß doch, daß die Angela die Pille sicher nicht nimmt. Ja, dann haben sie wahrscheinlich, beziehungsweise dann hat der Mann so ein Gummizeug verwendet.
Mich hats auf einmal vor der Angela geekelt, und deshalb wollte ich auch, daß sie von meinem Bett heruntersteigt.
»Ich meine«, hab ich gesagt, »hast du da Bauchweh gehabt, nachher, oder hast du sogar jetzt noch Bauchweh?«
»Wie heißt er eigentlich«, hab ich doch wissen wollen, »und was tut er, ich meine, ob er etwas arbeitet und was?«
»Er ist ein Lehrer. Er ist wahnsinnig gescheit und wahnsinnig süß. Ich sag zu ihm einen Kosenamen, den ich dir aber nicht sag. Und sein richtiger Name klingt richtig spießig. Den sag ich auch nicht.«
»Deine arme Mutter«, hab ich auf einmal sagen müssen. Ich hab nämlich gerade daran gedacht, wie sie im Morgenrock und mit zottigen Haaren auf dem Sofa gelegen ist und nicht wollte, daß die Vorhänge vorgezogen werden. Obwohls draußen sommerheiß war und schön hell.

»Weißt du«, hat darauf die Angela gesagt, »wenn meine Mutter für dich so ein Anliegen ist, kannst du dich auch an ihrem Geburtstag beteiligen. Sie wird morgen einunddreißig. Ich hab im Ausverkauf eine Damenmiederhose gesehen, das wär passend. Aber sauteuer ist das Zeug.«
»Warum ausgerechnet eine Damenmiederhose?«
»Damit der Arsch kleiner aussieht. Hat deine Mutter so was nicht? Die natürlich nicht, die ist eh so mager.«
»Mager ist meine Mutter nicht. Sie hat eine fabelhafte Figur. Wenn man bedenkt, daß sie schon vier Kinder auf die Welt gebracht hat. Und warum kaufst du deiner Mutter keine Tulpen? Die mag sie doch so gern.«
Das hat die Angela schon wieder überhaupt nicht mehr interessiert. Hat an ihren Schuhbändern herumgebastelt und mich gefragt: »Hast du eigentlich schon einen Busen? Ich hab nämlich schon was.«
Und sie hat ihre Kleidbluse ausgezogen und es mir gezeigt. Also, das waren leicht erhöhte Warzen auf einem kleinen Hügel, aber lang noch keine Kugeln.
»Du bist wie ein Brett«, hat sie zu mir gesagt.
»Aber macht nichts, das kommt von heute auf morgen. Den Busen von meiner Mutter solltest du einmal sehen. Das ist ein Wahnsinn!«
»Dann kauf ich ihr eben Tulpen«.
Es war schon eine späte Zeit, und ich hab meine Mutter mit dem Drittvater heimkommen hören. Mein Drittvater ist gleich in sein Zimmer gegangen, und die Mutter ist zu uns hereingeschneit und hat gesagt: »Was ist denn hier los?«
Die Angela war nämlich total ausgezogen, weil sie mir vorher noch ihren Flaum an der Fut gezeigt hat. »Los, anziehen«, hat meine Mutter gesagt, aber ganz normal,

gar nicht aufgeregt, und wie die Angela schon an der Kreuzung war, hat sie mich hinterhergeschickt zum Begleiten.

Ich liebe die Dunkelheit, wenn sie gerade beginnt.

Da ist uns auch schon Angelas Mutter entgegengekommen. Sie hat den italienischen Rock angehabt und die Haare ganz zottig.
Die Angela hat gesagt: »Mensch, die ist angesoffen, das sehe ich auf den ersten Blick.«
Beim Zurücklaufen hab ich mich gefragt, warum die Angela auf die Haare an der Fut stolz ist. Und die unter den Armen will sie sich wegmachen.

Meingott, das war furchtbar!
Gerade bin ich mit einem Riesenkohldampf von der Angela nach Hause gekommen, da hab ich gesehen, wie mein Drittvater geweint und seinen Kopf an das Stiegengeländer geschlagen hat. Ich hab mir gedacht: Jetzt ist alles aus. Ich hab meine Mutter gesucht und sie war nicht da. Ich hab Tee aufgebrüht, einen Waschlappen naßgemacht und bin vor dem Zimmer meines Drittvaters gestanden. Ich war so aufgeregt!
»Was ist denn, was ist«, hat er gesagt, »stör mich nicht, siehst du nicht, daß ich arbeite?«
Wo ist denn mein älterer Bruder?
Ich hab auf einmal wahnsinnige Sehnsucht nach dem erschossenen Schäferhund gehabt. Hätten wir bloß ein Tier!
Ich hab mich auf das Bett meines älteren Bruders gelegt. Ich wollte auf ihn warten und mit ihm reden. Hoffentlich wird er Zeit haben, hab ich mir gewünscht. Ich hab seine Regale mit einer Unterhose abgestaubt. Die war auf dem Boden gelegen und schon nicht mehr sauber. Der Zettel mit *Du bist rassig* war nicht mehr auf seinem Platz. Wenn mein älterer Bruder nun auch in jemand verliebt ist, dann bin ich die einzige, die übrigbleibt. Bei dem Gedanken ist mir ganz elend geworden. Ich hab mich vor den Spiegel gesetzt und Gesichter ausprobiert. Wenn ich ernst schaue, finde ich mich am schönsten. Ich möchte gerne wissen, wie ich mit geschlossenen Augen wirke. Ich hab nämlich lange Wimpern, und das ist das einzige, was besser ausgebildet ist als bei der Angela. Einmal hab ich in einem Buch gelesen *und ihre Wimpern senkten sich wie zwei kleine Fächer auf die rosigen Wangenknochen.*
Immer werde ich Angst haben. Meine Mutter ist mit

vier Nylontaschen voll Freßzeug heimgekommen. Sie hat gestöhnt wegen der Schwere und der Hitze und zu mir gesagt: »Los, Schatz, Beeren abbrocken!«
Was das gewesen ist, das mit meinem Drittvater?
Von den Beeren sind meine Finger ganz klebrig geworden. Ich hatte eine Schürze umgebunden, und mit dem Abbrocken ist es gar nicht vorwärtsgegangen. So ein Elend, hab ich mir gedacht. Immer, wenn es mir nicht besonders geht, denke ich das: Leute werden obdachlos von einer Naturgewalt, und Menschen, die man liebhat, sind tot. Von einem Stein zerdrückt. In einem Brunnen ertrunken oder so. Und alle diese Menschen sind mir unbekannt, und deshalb werde ich bei den Gedanken ganz gleichgültig.

Als mein älterer Bruder nach Hause gekommen ist, hab ich mich so gefreut, daß ich ihm um den Hals gefallen bin.
»Spinnst du auf einmal«, hat er gesagt. Aber ich hab ihn dann doch überreden können, sich mit mir auf das Bett zu setzen, und ich hab ihm alles erzählt bis auf den Zettel *Du bist rassig*.
Wenn ich auf dem Bett sitze, weiß ich nie, wo ich mich anlehnen soll. »Wenn ich dir sage«, hat mein älterer Bruder gesagt, »daß sich nichts geändert hat zwischen dem Drittvater und der Mutter, dann kannst du mir das ruhig glauben. So etwas wüßte ich.«
Das hat mich beruhigt. Ich hab einen großen Respekt gehabt vor ihm.

Alles ist wieder gut gewesen. Am Abend haben wir alle Tee getrunken, Wurst und Käse mit Brot gegessen, und es war günstig, meine Mutter um Katzen zu fragen.

Weil Angelas Mutter doch mit ihren nicht fertig wird, und die nur alles vollscheißen. Ich habe die Katzen gelobt und oft das Wort »wahnsinnig« verwendet. Mein Drittvater hat gesagt, ich soll nicht immer »wahnsinnig« sagen, und wenn ich wüßte, was das heißt, würde ich nicht immer »wahnsinnig« sagen. »Das ist eine richtige Sucht bei dir und der Angela«, hat er gesagt.
Ich war übermütig, weil ich gemerkt habe, daß das mit den Katzen klappen wird. Meine Mutter hat vor sich hingelächelt und dem Drittvater den Handrücken gestreichelt. Vor lauter Übermut hab ich gesagt: »Wenn ich daran denke, daß ich einmal in einem Jahr, wo es wahnsinnig oft gebrannt hat, einen Feuerwehrmann heiraten und wahnsinnig viele Kinder von ihm haben wollte, da kann ich nur mehr lachen.«

Irgend etwas ist einfach in der Luft gewesen, das hab ich gespürt. Es war schon in der zweiten Hälfte der großen Ferien, und jeden Tag hab ich den Briefträger abgefangen und die Post in das Haus getragen. Es hätte ja sein können, daß bei der Post etwas Ungutes dabei ist.
Einmal ist ein Brief für meine Mutter gekommen, aus Norwegen, glaube ich. Zur Sicherheit hab ich den Brief auf dem Klo geöffnet. Das war ein Brief von meinem Zweitvater. Er hat eine undeutliche Schrift, und so hab ich nichts entziffern können. Eine Photographie war dem Brief beigelegt. Das war doch das übriggebliebene Kind! Ganz klein auf einem Elefanten, der wahrscheinlich echt war. Ich hab den Brief gleich zerschnipfelt, bis auf die Photographie, und ihn hinuntergespült. Unsere Klospülung geht ziemlich schwach,

und da sind an der Oberfläche immer noch Schnipsel geschwommen. Mir ist richtig heiß geworden vor Angst. Mein älterer Bruder hat schon ein paar Mal an die Türe geklopft und gerufen: »Hast du dich nun endlich ausgeschissen?«
Ich hab die Schnipfel in Klopapier eingewickelt, und so sind sie hinuntergegangen. Die Photographie hab ich in meine Unterhose gesteckt. Es hat überhaupt nicht gestunken auf dem Klo.

Die Angela war schon ein paar Tage bei ihrer Großmutter in Schwabing. Mir war elend fad. Bei der Post hab ich nichts mehr gefunden, auch gar nicht mehr nachgeschaut. Die Photographie von dem übriggebliebenen Kind liegt im Religionsbuch, und das Religionsbuch liegt in der Schultasche.

Ich bin zum Katzenabholen mit einem großen Einkaufskorb zu Angelas Mutter gegangen. Die Haustür ist weit offengestanden. Am Klavier ist ein Mann gesessen, ganz jung mit einem schwarzen Schnurrbart, und hat holprig auf die Tasten gedrückt. Angelas Mutter hat nur Strumpfhosen angehabt und ein rotes Leibchen mit einer Schrift. Sie haben mich gar nicht bemerkt. »Servus«, hab ich gesagt, und noch »Grüß Gott« wegen dem unbekannten Mann.
»Aha, Besuch«, hat der junge Mann gesagt, nachdem ich mich ein paarmal laut geräuspert hatte.
»Ja, wegen der Katzen«, hab ich gestottert. Ich weiß auch nicht, aber ich bin ganz verlegen gewesen. »Das ist die Bella, Angelas beste Freundin«, hat mich die Frau Agostini dem jungen Mann vorgestellt. Und der ist aufgestanden und hat meine Hand geküßt. So zum

Spaß. Und es sei ihm eine Ehre. Ich hab gemerkt, wie ich rot im Gesicht wurde.
»Dann suche ich jetzt nach den Katzen«, hab ich gesagt, »sind sie denn in der Wohnung?«
Gleich bin ich auf dem Bauch durch die Wohnung gerutscht und hab unter allen Möbeln nachgeschaut.
»Sie werden wohl im Schlafzimmer auf dem Bett liegen«, hat Angelas Mutter gesagt.
Ich bin noch nie im Schlafzimmer von der Frau Agostini gewesen und hab ganz vorsichtig mit dem Fuß die angelehnte Türe aufgestoßen. Meingott, war da ein Saustall! Ich hab mir gedacht, wenn mein Drittvater hier eine Nase voll nehmen würde, wäre er nachher ganz krank. Er kann nämlich schlechte Luft nicht vertragen. Die Katzen sind alle drei ineinander auf dem verwühlten Bett gelegen. Am Boden waren Weingläser, und auf einem Teller Fischreste mit Kartoffelsalat. Männerkleider sind auf dem Stuhl hingeschmissen gewesen, und ich hab mir gedacht, dann wohnt der also hier, und was wohl die Angela dazu sagen wird.
Aber irgendwie, hab ich mir weitergedacht, ist es auch ein Glück, wenn Angelas Mutter jetzt einen Mann hat. Vielleicht würde sie ganz fröhlich werden mit der Zeit. Und sie hat auch lustig ausgesehen mit dem Leibchen, auf dem gestanden ist *kiss me*.
Ich hab die drei Katzen in meinen Korb getan und mich schnell ohne Handgeben verabschiedet. Die Katzen wollten nämlich gleich wieder in das Bett zurück.
Ich hab mir überlegt, ob ich die Katzen umtaufen soll. Aber das ist mir nicht recht vorgekommen. Man soll nicht alles umändern wollen.

Der Drittvater hat sich gerade Tee aufgebrüht, und ich

hab gesagt: »Schau her, die weiße mit der schwarzen Schnauze ist die Lola. Die Lola ist die Mutter von der Soffi, und das ist die schwarze Katze mit der weißen Schnauze. Die dritte Katze ist gottseidank ein Kater, da werdet ihr froh sein. Der ist auch ohne Männlichkeit. Die hat ihm der Tierdoktor entfernt, damit es nicht dauernd neue Katzen gibt. Der hätte sogar seiner Mutter ein Kind machen können und seiner Schwester. Wenn man sich das vorstellt! Der kastrierte Kater heißt Hector.«
»Hätte denn eine nicht gereicht?« hat der Drittvater gesagt. »Und zwei Weibchen! Wenn wir die aus der Wohnung lassen, haben wir gleich ein Malheur.«
»Es gibt auch die Pille für die Katzen«, hab ich gesagt, »zweimal monatlich zu verabreichen, in der Apotheke erhältlich und gar nicht so teuer. Und ich verspreche dir, daß ich das allein machen werde. Ja, lieber Papa?«
Mein Drittvater freut sich, wenn ich Papa zu ihm sage, normalerweise nenne ich ihn beim Vornamen: Arthur.
»Was willst du heute denn noch alles machen?« habe ich ihn gefragt. »Ich meine, wenn du nichts vorhast, könnten wir einen Spaziergang im Ried machen. Nur wir zwei. Und nachher im Kaffeehaus eine *heiße Liebe* essen?«
»Und inzwischen haben sich die Katzen verlaufen«, hat Arthur gesagt. Er hatte keinen guten Tag. Das hab ich gleich gespürt.
»Ich meine«, hab ich gesagt, »wenn du willst, kann ich dir zum Tee zwei Punschtörtchen holen. Wenn du Lust hast.«
Mein Drittvater ist eigentlich ein liebenswürdiger Mensch. Gescheit und still und verständig. Nur manch-

mal hat er einen kleinen Teufel im Leib. Das stammt von meiner Mutter. Teufel im Leib kommt mir wahnsinnig übertrieben vor, und meine Mutter übertreibt gerne. Sie sagt zum Beispiel bei Zahlen immer das Doppelte. Sie sagt, ich bin hundert Kilometer gefahren, und mein Bruder sagt darauf, fünfzig sind schon zuviel.
Ich bin davon überzeugt, daß mein Drittvater einen guten Einfluß auf meine Mutter hat. Sie wirbelt nicht mehr so herum. Sie kann sich auf ihren Hintern setzen. Das konnte sie früher nicht. Da ist sie dauernd herumgerannt. Auf und ab. Zum Verrücktwerden. Sie hat auch schon ein bißchen Speck angesetzt, und das gefällt dem Arthur. Er steht eher auf mollige Frauen. Da wundert es einen gerade, daß er unsere Mutter genommen hat. Die war vor der Hochzeit spindeldürr.
Manchmal am Abend reden Vater und Mutter miteinander über die Welt und so. Sie trinken Wein und rauchen, und wenn ich an der Tür horche, krieg ich eine geklebt.
Meistens ist mein Drittvater gut aufgelegt. Er spielt auf der Gitarre, und wir singen dazu. Ich singe immer nur leise, weil mir meine Stimme so laut vorkommt.
Ich hab die Katzenkisten hergerichtet. Die fürs Schlafen weich und die fürs Scheißen mit Sand. Arthur hat Gedichte gelesen, und ich wollte gerne wissen, ob die ein Mann oder eine Frau geschrieben hat.
»Ich hab sie geschrieben«, hat Arthur gesagt, »als ich noch zur Schule ging«.
Da wollte ich gerne, daß er mir eins vorliest. Es war ein Reimgedicht und ganz ähnlich wie die von Goethe, ist mir vorgekommen, vom Mensch und der Natur.
Arthur hat gesagt, es ist ein schlechtes Gedicht. Ich wollte gern wissen, wie Arthur als Kind war. »Erzähl«,

hab ich gebettelt, »wir sind ganz allein. Die Mutter kommt sicher nicht so schnell zurück, wenn sie beim Ausverkauf ist. Da muß man lange anstehen. Da kriegen wir sicher alle Unterhosen und Socken und Pullover. Freust du dich darauf?« hab ich gefragt.
Dabei weiß ich, daß mein Drittvater gar keine Beziehung zu neuen Kleidungsstücken hat. Erst, wenn sie alt und lange getragen sind, und eigentlich schon zum Wegwerfen, mag er sie.
Arthur hat mir die Blaue-Pullovergeschichte erzählt und die geht so: »Meine Mutter war sehr krank, und so hat man mich ins Internat gesteckt. Ich hatte immer Heimweh. Und vor lauter Heimweh habe ich den blauen Pullover – ein Weihnachtsgeschenk meiner Mutter – jeden Abend mit ins Bett genommen und ihn ganz fest gedrückt.«
»Hat man dich da nicht ausgelacht«, wollte ich wissen, »oder hat es gar niemand bemerkt?«
»Niemand hat es bemerkt«, hat mein Drittvater ungeduldig gesagt, und dann hat er mich weggeschickt, weil er zu arbeiten hatte. Brötchen verdienen, sagt er dazu. Ich hätt gern noch gewußt, ob es stimmt, daß er als Kind *Zill* gerufen wurde, und was *Zill* bedeutet.
Er war dann in seinem Urwaldzimmer und hat wie verrückt in die Maschine gehämmert. Das war das einzige Geräusch im Haus. Die Katzen sind auf meiner Bettdecke gelegen und haben geschlafen. Mir war fad. Ich wollte, daß die Katzen aufwachen und herumrennen. Ich wollte sie mit einem Wollknäuel fuchsen. War mir fad! Ich hab bemerkt, daß auf meinem gelben Kleid ein brauner Fleck ist, und das hat mich geärgert. Ich hab mich aber nicht umgezogen, weil das meine Mutter aufregt.

Ich hab einen Brief für meine Freundin Angela angefangen und fertiggeschrieben.

Liebe Angela,
Du schreibst mir sowieso keinen Brief. Da könnte ich warten, bis meine Haare bis auf den Boden wachsen. Ich hab jetzt alle Eure Katzen geschenkt bekommen. Sie sind ganz lustig bei mir und schlafen nicht nur dauernd wie bei Dir. Das Wetter ist schön heiß. Ich gehe jeden Tag mit Arthur im Ried spazieren, und er erzählt mir die wundersamsten Dinge. Meine Mutter kocht die feinsten Sachen. Moritz hat sich wieder mit mir verbündet. Er hat gesagt, daß Du eine eitle Ziege bist. Er findet Dich auch kindisch. Wahrscheinlich fahren wir nächste Woche ans Meer. Mein Vater hat nämlich viel Geld verdient. Deine Mutter sieht ganz glücklich aus. Sie hat ein rotes Leibchen, worauf steht: kiss me. Ich glaube, daß sie froh ist, allein zu sein. Außerdem hat sie einen Freund, der unglaublich nett ist. Wir haben schon viel Spaß zusammen gehabt.
Je länger ich über Deine Geschichte mit dem vierzigjährigen Lehrer nachdenke, um so verlogener kommt sie mir vor. Da möchte ich schon einen Beweis haben. Stell ihn mir doch einmal vor. Ich hab ein gelbes Kleid bekommen, das gut zu meinen braunen Haaren paßt. Ich lese gerade Ben Hur.

                            Servus
                            Deine Freundin Bella

Ich hab gewußt, den ganzen Sommer über würden wir nicht wegfahren. Das Geld war knapp, und meine Mutter war dabei, sich Arbeit zu suchen. Arthur hat sehr viel gearbeitet, aber unsere Wohnung kostet ein

Schweinegeld. Die Hälfte der Einkünfte. Hätten wir bloß ein Haus mit einem Garten und alten Bäumen zum Darunterliegen! Ich war noch nie am Meer. Im Badezimmer steht eine Schachtel mit Meersalz für die Schönheit. Meine Mutter ist wieder nervös, und mein Vater verbringt die Zeit bei seinen Büchern und Pflanzen. Ich hab gesehen, wie mein Bruder am Briefschreiben war, und nachher wollte er die Adresse von der Angela. Sie muß mir eine Schallplatte in München besorgen, hat er gesagt. Ich hab zu ihm gesagt: »Ich weiß, daß dich die Angela rassig findet, und du bist in sie verliebt.«
Da hat er zum Gegenbeweis die Adresse vor meinen Augen zerrissen und ist böse in sein Zimmer gegangen.
Meine Mutter hat sich aufgeregt, weil ich immer drei Handtücher zum Baden mitnehme, eines für das Gesicht, eines für die Haare und eines zum Drauflegen. Sie hat gesagt, ich soll mir vorstellen, daß das bei einer vierköpfigen Familie zwölf Handtücher täglich sind. Und dann werden sie ins Badezimmer geschmissen, hat sie gesagt.
Seit neuestem hat sie einen Putzfimmel und reibt an den sauberen Fenstern herum. Sie steht früh auf und will, daß wir auch früh aufstehen. So eine Schnapsidee! Wir haben doch Ferien.
»Sie hat etwas«, hat mein Drittvater gesagt, »und muß ins Krankenhaus, aber nur kurz.« Ich hab mich geschämt, weil ich mich auf einmal gefreut habe, daß sie ins Krankenhaus muß, weil sie in letzter Zeit so lästig war.
»Was hat sie denn«, hab ich gefragt.
»Sie hat ein kleines Geschwür«, hat Arthur gesagt, »aber nicht schlimm«.
Ich bin gleich zu meiner Mutter gerannt und hab sie fest gedrückt. Dann hab ich in »Medizin heute« geblättert

unter G, und mir ist ganz schlecht geworden vor lauter Angst um meine Mutter.

Das Krankenhaus liegt ganz in unserer Nähe. So konnten wir die Mutter gleich am dritten Tag schon besuchen. Mager ist sie mir vorgekommen und blaß. Es sind noch drei andere Frauen im Zimmer gelegen, die älter waren, und zwei davon haben fürchterlich geschnarcht. Eine Frau ist wachgelegen. Die hat graue lange Zöpfe gehabt, die wahrscheinlich sonst ein Knoten sind. Die hat mir Kekse geschenkt, und mir hats gegraust. Obwohl, ich meine, die waren ja noch eingepackt. Aber trotzdem. Im Krankenhaus grausts mir eben. Die Mutter hat gefragt, wo denn mein älterer Bruder ist.
Mein Bruder ist aus Trotz nicht mitgekommen, aber wir haben gesagt, ein Freund hat ihn zum Baden abgeholt. Das hat die Mutter gefreut, daß mein älterer Bruder nun endlich einen Freund hat. Er hat nämlich nie einen richtigen Freund gehabt. Und wie er denn heiße, der Freund? »Victor«, hab ich gesagt, »glaube ich wenigstens, er ist im Stimmbruch und redet ganz undeutlich«.
In Wirklichkeit ist Moritz, mein älterer Bruder, auf seinem Bett gelegen und hat ein schlechtes Gewissen gehabt.
Wir hatten nämlich beim Spiegeleieressen ein heißes Gespräch über den Krieg. Arthur hält nichts vom Krieg. Und Moritz ist für die Verteidigung. Arthur hat gesagt, wir sollen uns vorstellen, daß es auf der Welt mehr Sprengstoff als Brot gibt. Das kann ich kaum glauben. Und wir sollen uns doch vorstellen, hat Arthur noch gesagt, was jetzt aus der Welt wird, wenn ein schlechter Schauspieler Präsident wird und das Sagen

hat und für die wahnsinnige Bombe ist. Die ist noch viel gemeiner als die von Hiroshima. Und die war schon so gemein. Arthur hat gesagt, wir sollen uns doch vorstellen, daß massenhaft Menschen daran gestorben sind, und er hat sogar gesagt, wieviel, ich weiß nicht mehr genau. Und vielen Menschen ist nachher, wenn man sie nur berührt hat, die Haut abgegangen, und die Haare sind büschelweise im Kamm gewesen.
Ich glaub überhaupt nicht, daß der Moritz in Wirklichkeit für die Verteidigung ist. Das hat er nur aus Sturheit gesagt. Er sagt nämlich immer das Gegenteil von dem, was Arthur sagt.
Arthur hat mir auf dem Nachhauseweg über den Kopf gestrichen, und dann hat er mich auf seinen Arm gehoben, so, daß mein Kopf ihn überragt hat. Er hat gesagt, zu mir, »du«, also ich, »hast ein gutes Herz«.
Ich möchte nicht, daß Arthur in den Krieg zieht. Ich würde dann mit meiner Mutter zusammen und dem älteren Bruder am Gebhardsberg einen dicken Baum aushöhlen und ihn darin verstecken. Immer wenn es dunkel würde, gingen ich oder mein Bruder, und in der tiefen Nacht die Mutter, zu ihm in den Baum, und Arthur würde auf einem Federkissen sitzen und mit der Taschenlampe in einem kleinen Buch lesen. Im Baum hätten nämlich knapp zwei Personen Platz, und da könnte meine Mutter mit ihm übernachten. Sonntags würde ich Arthur Zigaretten mitbringen und Bensdorp-Schokolade.
»Medizin heute« ist ein veraltetes Sachbuch, und dann wird auch schon das meiste überholt sein. Unter G stehen hier nämlich fast nur Krankheiten, die zum Tod führen.

Ein junger Künstler, der noch seinen Ausdruck finden muß, hat meinen Drittvater besucht. Er hat bei uns Gulasch gekocht und bis zum frühen Morgen mit Arthur geredet. Am Tag haben sie dann beide geschlafen. Am Abend sind sie zu meiner Mutter ins Krankenhaus und gleich wiedergekommen. Es hat bei ihr Schwierigkeiten gegeben, und der Bauch ist nochmal geöffnet worden. Ich hab gesehen, wie der Moritz blaß geworden ist. Mein Drittvater war niedergeschlagen, und ich sowieso.
Die Nudelgerichte hängen mir wirklich schon zum Hals heraus. Jeden Tag bereitet Arthur Spaghetti zu. Immer in verschiedenen Variationen. Einmal gewöhnlich mit Hackfleisch, dann mit Butter und Knoblauch, daß das ganze Hause stinkt, und wieder aufgewärmt. So zusammengeklebte Nudeln schmecken einfach scheußlich und brennen leicht an. Ich kann dann die Töpfe ausreiben.
»Wie wärs mit Reisfleisch«, hat Arthur am Mittwoch gesagt, und am Donnerstag war es dann Fleischreis und am Freitag Reissuppe.
Am Vormittag schau ich mit Moritz den Fernsehfilm an. Arthur und sein Künstlerfreund sind auf einen Berg gestiegen und wollen dort übernachten. Irgendwie kommt mir das unrecht vor, so wegzugehen zum Vergnügen, wenn die Mutter krank im Spital liegt.
Wenn nur die Ferien schon vorbei wären! Mich ödet alles an!
Ich hab den *Graf von Monte Christo* angefangen, weil Moritz ihn mir empfohlen hat. Ich steh nicht so drauf. Ich hab noch Feinwäsche zu erledigen und muß erst Fewa einkaufen gehen. Mit Omo verfilzt alles. Moritz zieht sich dauernd um, und das regt mich auf.

Ach, bei meiner Mutter braucht es nicht viel. Gleich weint sie. Sie ist im Spitalbett gesessen, und die Tränen sind ihr über das Gesicht gelaufen. Ich habe zu ihr gesagt: »Du, Mama, der Arthur bleibt nicht lange auf dem Berg. Bloß eine Nacht.«
Aber sie hat gar nicht wegen dem Berg geweint. Sie hat nicht gewußt, warum.

Im Briefkasten ist ein Brief von der Angela gelegen. Ich hab ihn gleich aufgerissen.
Liebste. Liebste, so eine Übertreibung, hat sie zur Überschrift genommen.

Liebste!
das war ein gemeiner Brief von Dir. Du hast immer gesagt, daß bei Euch kein Geld da ist, und jetzt fahrt Ihr ans Meer. Meine Großmutter geht mir ganz schön auf den Nerv. Was gut ist: Sie näht mir Kleider, wie ich sie will. Ein Kleid aus dem Küchenvorhang hat Rüschen am Hals. Süß, sag ich Dir. Echt wahnsinnig. Ich hab im Schwimmbad einen lässigen Typen kennengelernt. Er studiert sowas und ist wahnsinnig braun. Wir haben gestern im Wasser eine Flasche mit Gin ausgetrunken. Ich hab einen Rausch gehabt und weiß nicht mehr, was gewesen ist. Nur, daß ich auf dem Typ seine Badehose gekotzt hab. Ich war jedenfalls käsig, und meine Großmutter ist gleich mit mir zum Doktor gerannt. Stell Dir vor, der hat gesagt, das kommt von einem Sonnenstich. Jetzt läßt mich die Großmutter nicht aus dem Haus. Mir ist wahnsinnig fad, und ich stopfe nur den ganzen Tag Himbeerrollade in mich hinein. Grüß den Moritz von mir. Das ist mir klar, daß der nicht über mich herzieht. Der hat doch einen Stand auf mich! Manchmal mache

ich aus den Haaren einen französischen Zopf. Da flippt die Großmutter vor Freude aus, weil das so anständig aussieht. Und ich kann von ihr haben, was ich will.
Ich komme nächste Woche. Hoffentlich seid Ihr dann noch nicht in Italien.
Das sieht meiner Mutter ähnlich! Wenn ich da bin, heult sie herum. Und kaum bin ich weg, reißt sie sich einen auf.

In Liebe:
Deine Angela

Der Moritz war ganz geil auf den Brief und hat ihn mir aus der Hand gerissen.

Als mein Drittvater Arthur und sein Künstlerfreund zurückgekommen sind, ist eine ganz eigenartige Stimmung entstanden. Die waren so komisch und haben dauernd herumgekichert. Der Künstlerfreund hat immer wieder »Sofa« gesagt, und beide haben sich fast gekugelt vor Lachen. Mich hat das richtig aufgeregt! Den Tisch habe natürlich ich wieder abräumen müssen! Und weil die Katzen am Speck waren, hat man mir die Schuld gegeben.
Die zwei haben im Rucksack eine Menge Efeu gehabt und damit wollten sie mir auf dem Balkon ein Waldhaus bauen. Daß ich nicht lache! Ich bin doch nicht mehr fünf. Ich hab das Efeu in die Mülltonne geworfen, und der Arthur war beleidigt.
Gleich am Morgen ist Arthur zur Mutter ins Krankenhaus, und ich hab mit Moritz Siebzehn und Vier getan.
In einer Woche wird die Mutter entlassen.
Eine Woche dauert so lange!
Ich renne hektisch in der Wohnung herum. Ich schau,

was im Eisschrank ist. Alles, was da drin ist, macht mich überhaupt nicht an. Ich krieg auf einmal Lust auf etwas Saures. Aber nichts Saures ist im Haus. Dann geh ich wieder in mein Zimmer und stell die Sachen in meinem Regal um. Ganz sinnlos. Das Döschen von der rechten auf die linke Seite. Häng die Bilder ab und probier andere Plätze dafür aus. Am Schluß tu ich alles wieder so hin, wie es war, und laß mich auf das Bett fallen. Ich hole aus dem Religionsbuch die Photographie, worauf das übriggebliebene Kind auf einem Elefanten sitzt. Ob es immer noch so empfindlich an den Ohren ist? Kappe trägt es da keine, und die Härchen sehen dünn aus und hell, aber das ist nur eine Schwarzweißaufnahme. Ist es denn überhaupt nicht gewachsen? Immer noch sieht es sehr winzig aus. Fast wie vorher.

Dann muß ich auf einmal denken, daß das doch gar nicht stimmen kann mit dem Alter. Das Kind da sieht zwar dem übriggebliebenen Kind ähnlich, müßte aber schon viel älter sein. Moment. Ich muß nachrechnen: Vor drei Jahren ist der Zweitvater mit dem mittelgroßen Hund und dem übriggebliebenen Kind weggegangen. Und damals war es zwei. Also müßte es jetzt fünf sein. Wenn alles mit rechten Dingen zugegangen ist. Und ich bin erschrocken, weil in der Tageszeitung vorige Woche ein Kind abgebildet war, das nicht mehr hat wachsen können. Greisenkind, hat das geheißen. So ein Quatsch! Das hier abgebildete Kind sieht ganz jung aus im Gesichtchen, aber eben nicht fünfjährig. Dann hat der Zweitvater sicherlich noch ein anderes Kind gemacht, und vielleicht hat er sich gar verehelicht. Und wo ist das übriggebliebene Kind?

Ich hätt mich verfluchen können, daß ich den Brief verschnipfelt und ins Klo geworfen hab! Da ist sicher alles dringestanden!

Ich denk, ich spinn!
Da läutet die Alla bei uns an. Das ist das Kind von Mutters Freundin, einer Photographin. Die Alla ist neun. Mit erdverschmierten Schuhen auf unserem Teppich, den ich vor einer Stunde gesaugt hab, weil doch heute die Mutter heimkommt. Überall hab ich prächtig aufgeräumt. Und in der Hand hat die Alla solche Knochen. »Ich war auf dem Friedhof«, hat sie gesagt. »Darf ich weiter rein? Der Totengräber ist nämlich hinter mir her.« Wenn sie nicht so dreckig gewesen wär, hätt ich ihr nicht geglaubt. »Weißt du, Bella«, hat sie zu mir gesagt, »da ist so ein Erdhaufen, und da sind Knochen drin. Das da«, und sie hat das grausige Erdzeug in die Höhe gehalten, »muß ein Hüftknochen sein. Kann ich ihn abwaschen, dann sieht man es. Das interessiert mich. Glaubst du, ich kann euren Arthur fragen? Der kennt sich doch aus mit den Knochen am Menschen.«
Ich hab mir gedacht, wenn der Arthur das sieht, dreht er durch. Er ist in seiner Schreibstube. Moritz ist nicht im Haus. Wo ist der eigentlich? Mir fällt richtig auf, daß der immer weniger da ist. Wo doch heute die Mutter heimkommt. Mensch, und ich hab von Arthurs Geld einen fabelhaften Gladiolenstrauß geholt. Und eine Platte mit einem Blues-Sänger hab ich auch noch gekauft. Ich wollte, wenn die Mutter an der Türe steht, die Gabel auf die Platte legen, so daß es, wenn sie den ersten Schritt auf dem gesaugten Teppich macht, gleich anfängt. Arthur hat der Mutter drei Bücher gekauft, die irgendwie zusammengehören. Und der Moritz? Nichts. Mensch, gemein ist das!
Und jetzt der Dreck!
Ich habs ja gewußt. Der Drittvater ist auf der Treppe gestanden und hat gesagt: »Was ist denn das für eine

Sauerei! Bella«, hat er gerufen, »du wolltest doch staubsaugen! Ich habe mir gedacht, daß man sich wenigstens auf dich verlassen kann! Muß ich wieder«, hat er gesagt, und ich bin kleinlaut im Türrahmen gestanden, »also muß ich jetzt das selber machen?«
So eine Ungerechtigkeit! Er hat gerade den Staubsauger angelassen, da hat es zum zweitenmal geläutet.
Und jetzt hab ich echt gedacht, daß ich ohnmächtig werd. Mir ist so weich in den Knien geworden. Heilige Muttergottes! Da steht mein Zweitvater da, angetan mit dem Tropenanzug, haargenau gleich, wie er uns verlassen hat vor drei Jahren. Vor sich hat er das übriggebliebene Kind, und das kommt mir fast übergroß vor und hat lange lockige Haare wie ein Mädchen. Das ist unser Michael, und ich hab mich gar nicht getraut, ihm in die Augen zu schauen. Er ist auch ganz verlegen dagestanden und hat sich an dem Omnibus in seinem Arm festgeklammert. Das war der genau gleiche Omnibus von früher. Ich hab ganz still »Servus« gesagt, weil ich wollte, daß es nur für den Michael bestimmt ist und nicht für die anderen. Neben dem Zweitvater ist eine wahnsinnig tolle Frau gestanden, wie aus James Bond. Und auf ihrem Arm hat sie ein kleines Kind getragen. Ungefähr zwei Jahre alt, mit hellen dünnen Härchen. Ich hätte wetten können: Das hier war das Kind von der Elefantenphotographie. Und die Photographie war in meinem Religionsbuch, und das Religionsbuch in der Schultasche.
Ich hab immer auf den Michael geschaut, und einmal wenigstens hätte er zurückschauen können, aber er ist auf einmal losgerannt die Treppe hinunter, und der Zweitvater hat gesagt, als seis das Normalste von der Welt: »Er holt den Hund.«

Die James-Bond-Frau, hab ich mir gedacht, wird wohl Zweitvaters Angetraute sein. Und das geht nicht mit dem Hund, ich hab doch die Katzen. Ich hab gesagt: »Das geht nicht mit dem Hund. Ich hab doch die Katzen. Die Katzen vertragen das nicht. Und gleich kommt die Mutter. Das wird sie nicht überleben.« Das wird sie nicht überleben, hab ich nicht gesagt. Aber mir war ganz heiß vor Aufregung. Die Alla mit dem erdverschmierten Knochen hat sich vorgedrängt und gefragt, »wer ist denn das«, und hat auf den Michael gezeigt.
»Das ist der Bruder von der Bella«, hat der Zweitvater gesagt und dann hat er auf das James-Bond-Kind gezeigt: »Und das ist unser Jüngster. Der kleine Dodo.«
Mein Drittvater hat immer noch den Staubsauger gehalten. Und wie sie allesamt im Türloch gestanden sind, ist mein Bruder Moritz hereingeschlüpft mit einem kleinen Paket. Ich spinne! Der Dodo auf der James-Bond-Frau hat zum Plärren angefangen. Das ist alles wahnsinnig schnell gegangen. Der Michael hat einen Hund hinter sich hergezogen, so einen winzigen Köter. Echt grausig! Ich konnte das dem Michael einfach nicht sagen, wegen der Katzen. »Du Michael«, wo ich ihn doch so lange aus den Augen verloren hatte, »du Michael, der Hund muß weg«. Vielleicht war er das Eigentum von Michael. Aber da hat schon der Zweitvater fremdsprachig auf ihn eingeredet, und die James-Bond-Frau hat den Dodo auf den Zweitvater geschubst, hat den Hund gepackt und ist die Treppe hinunter. Der Michael hat geweint, und da hat ihm der Zweitvater den Omnibus aus dem Arm gerissen und dem Dodo gegeben, weil der auch geweint hat. Ich wollte gern sagen, daß ich bezeugen kann, der Omnibus gehört unserem Michael und ist

ein Geburtstagsgeschenk von unserer Mutter. Ich habe auf unseren Arthur geschaut, und der hat gesagt, so zu mir hin: »Geh Kuchen holen, Bella.«

»Wieviel denn«, hab ich gefragt, und die sind immer noch halb im Freien gestanden.

Der Moritz natürlich hat sich verdrückt. »Kommt doch rein, oder wollt ihr nicht«, hat die Alla gesagt, aber die fürchtet sich auch vor den Toten nicht.

Der Zweitvater hat jetzt einen Schritt nach vorne getan und gesagt: »Wir waren doch angemeldet. Wo ist denn deine Mutter?« Und immer so zu mir hin.

Der Scheißbrief. Im Klo.

Ich hab geweint. Ja, auf einmal hab ich wirklich wahnsinnig geweint, und da ist die James-Bond-Frau zu mir hergekommen und ist mir ins Haar gefahren. Mensch, hat die geduftet! Wie China. Hat sie den Hund ins Auto getan? Oh Gott! »Papa«, hab ich gesagt, und da ist mein Zweitvater hergekommen und hat mich in die Höhe gehalten, daß ich drei Köpfe größer war als er.

Wenn jetzt die Mama kommt! Das überleb ich nicht! »Tu doch den Staubsauger weg, Arthur!« Ja, zur Vorsicht hab ich ihn Arthur genannt, und er hat überhaupt keinen Staubsauger mehr gehalten.

Er war schneeweiß im Gesicht, mein Drittvater, und hat zur Alla gesagt: »Was ist denn das?«

»Ein Hüftknochen, glauben Sie nicht auch, daß das ein Hüftknochen ist. Weiblich oder männlich? Und wie alt? Sie haben doch Erfahrung mit den Knochen am Menschen.«

Das war in Echtheit der totale Wahnsinn. Und natürlich hat sich der Moritz wieder einmal aus dem Staub gemacht.

Und ich will doch immer nur, daß alles schön ist.

Eine richtig schöne Familie. Wär ich bloß tot!
Wir waren endlich im Wohnzimmer, und ich hab wie blöd zum Fenster hinausgeschaut. Da hat ein Mann auf seinem Moped schwarze Schafe vorangetrieben. War ich denn übergeschnappt? Niemals in meinem ganzen Leben hab ich einen schwarze Schafe vorantreiben sehen. Braune Kühe schon.
Auf einmal hab ich mir gedacht, das ist, wie wenn Färbemittel mit einem Entfärber zusammen verwendet werden. Meine Mutter färbt dauernd. Sie macht die tollsten Mischungen, und am Schluß ist alles lila. Ich hab drei lila Hosen, die einmal blau, gelb und weiß gewesen sind.
Ich hab mir gedacht, warum redet keiner mit unserem Arthur? Da hat der Arthur zu meinem Zweitvater gesagt: »Es ist anzunehmen, daß Sie der zweite Mann meiner Frau gewesen sind. Ich bin mir nicht sicher, ob Ihr Auftritt günstig ist. Sie war nämlich im Krankenhaus und kommt gerade heute zurück.«
Arthur war der einzige, den ich echt geliebt hab, so momentan. Hätt er mich bloß gehalten. Mensch, halt mich doch, Papa, Mensch, halt mich doch, Papa! Der Scheißbrief! Radio, Radio, Radio, Radio. Wenn man oft Radio sagt, weiß man auf einmal nicht mehr, was ein Radio ist.
Warum schreibt der auch so unleserlich. Herrgottsack! Ja, natürlich. Ich hab geschaut, so um mich herum, erst in die Luft, dann auf den Boden, und so hab ich gesehen, wie alle auf Stühlen gesessen sind. Haben wir denn so viel Stühle? Das hat die Alla organisiert. Sie ist immer noch mit verschmierten Händen dagesessen. Die Knochen sind auf der Anrichte gelegen.
Alla hat dem Dodo auf den Kopf gegriffen: »Das Kind

hat aber dünne Haare. Man muß sie oft schneiden, dann verdicken sie sich.«
Der Michael hat sich ganz schüchtern an Zweitvaters Stuhl gelehnt, und der hat ihm wie automatisch auf dem Haar Kreise gezogen.
Die Alla hat gesagt: »Mensch, das ist mir neu, daß da noch ein Kind von eurem Blut existiert. Der Kleine«, und sie hat auf Dodo gezeigt, »ist aber ein Fremder, oder?« Und sie hat den Arthur angeschaut, und der hat ein bißchen geschmunzelt. »Komm, Michael«, hat die Alla gesagt, »ich zeig dir etwas Interessantes«.
Der Michael hat ganz schüchtern getan, und der Zweitvater hat ihn auf seinen Schoß genommen. »Der traut sich nicht«, hat er gesagt.
Von Arthur wollte der Zweitvater wissen, warum denn die Mutter im Krankenhaus gewesen sei. Ob es sich um eine Frauengeschichte handle.
Die James-Bond-Frau hat auf Deutsch mit einem komischen Akzent gesagt: »Dodo braucht seine Milch. Kann ich Milch heiß machen?« Mein Zweitvater hat Milch in einer Tasche gehabt. Haltbarmilch aus Norwegen mit so gefleckten Kühen drauf.
Der Zweitvater hat gesagt: »Warum hat denn deine Mutter nicht zurückgeschrieben?« Wieder so zu mir hin. »Ich habe mir gedacht«, hat er gesagt, »die Sache geht klar. Hätte man mir mitgeteilt, daß die Gudrun«, er hat sonst nie meine Mutter beim Namen genannt, »im Krankenhaus liegt, wären wir ein andermal vorbeigekommen. Wir sind doch keine Unmenschen. Aber so, wie gesagt, habe ich mir natürlich gedacht: Okay, geht klar.«
So eine Gemeinheit des Allmächtigen! Der Arthur

hat sich eine Zigarette nach der anderen gedreht mit bewegungslosem Gesicht.
Wie ich es von früher in Erinnerung hatte, hat mein Zweitvater auf einmal ganz frisch und frei drauflosgequasselt: »Am Anfang wird es wohl sprachliche Schwierigkeiten geben mit dem Michael. Er spricht kaum mehr Deutsch und auch sehr schlecht Norwegisch. Ich habe ja oft Deutsch mit ihm geredet.« Und dem Michael hat er dann auf die Schulter geklopft und gesagt: »Stimmts, Sportsfreund?«
Die James-Bond-Frau hat im Küchenkasten nach einem Milchtopf geschaut, und ich hab mir gedacht, nicht ums Verrecken zeig ich, wo der ist. Da hat der Zweitvater schon damit angefangen, warum ich denn nicht zeigen will, wo der Milchtopf ist. Ich hab getan, als höre ich nicht. Er hat weiter gesagt: »Das ist ja noch schlimmer als zu meinen Zeiten!«
Gottseidank ist mein Arthur wild geworden, aber nur ganz kurz, und hat gesagt: »Was soll das heißen?«
Ich bin ja dann schon zur James-Bond-Frau hinübergegangen, weil ich mir auf einmal gedacht hab, die kann doch am wenigsten dafür, und ich hab ihr den Milchtopf geholt. »Ich bin die Sue«, hat sie gesagt. »Ich bin deine Freundin.« Das ist mir schon wieder übertrieben vorgekommen. Denn weiß ich, wer die Sue ist, und was ist das überhaupt für ein komischer Name. Die Sue ist auf ihren Platz zurückgegangen, und ich hab mir vorgenommen, die Milch überlaufen zu lassen. Dodo klingt ja auch blöd. Nicht einmal einen Hund würd ich so taufen.
Die Alla hat gesagt, sie kann sich vorstellen, wie der Hund so eingesperrt im Auto herumscheißt, und das ohne Schuld. »Soll ich spazierengehen mit dem Hund?«

hat sie gefragt. Die James-Bond-Frau war, glaub ich, froh darüber, und hat aus ihrem silbrigen Handtäschchen eine winzige Leine geholt, so klein wie ein Weckgummi. »Ist das dehnbar?« hat die Alla gesagt. »Wenn es dehnbar ist, ist das eine Tierquälerei. Ich nehm keine Leine.«
»Ich für meinen Teil habe einen Durst«, hat der Zweitvater gesagt, und wie er seinen Flachmann aus der Tropenanzugstasche geholt hat, ist ihm der Michael von den Knien gerutscht. Ich hab mir gedacht, der Michael ist holzig wie der Pinocchio. Der Zweitvater hat den Schraubverschluß aufgetan und die Schnapsflasche dem Drittvater vor die Nase gehalten: »Auch einen Schluck?« Arthur hat sich nicht bewegt. Ich weiß, daß mein Arthur eine Abneigung gegen den Alkohol hat. »Also wirklich«, hat der Zweitvater weitergequasselt, »noch viel schlimmer als zu meinen Zeiten«. Und zu Arthur hin: »Sie mögen mir verzeihen, an Ihnen liegt das nicht.«
Ich hab mir gedacht, warum steht der Arthur nicht einfach auf und geht die Mutter abholen und warnen und beschützen?
Der Zweitvater hat fremdsprachig auf den Michael eingeredet, und ich glaube, es ist um die Katzen gegangen, weil der Michael immer mit den Augen den Katzen gefolgt ist. Dann hat er sich endlich von Zweitvaters Knie zu den Katzen hinbewegt, zu der Lola, und die hat sich gleich auf den Rücken gelegt und aufs Streicheln gewartet.
Damit ich nicht da bin, wenn die Milch überläuft, bin ich zum Moritz ins Zimmer gegangen. Natürlich ist der wieder auf seinem Bett gelegen. »He, Moritz«, hab ich gesagt, »unser Michael ist da. Magst für ihn nicht die

alten Autos hervorkramen? Und was ist in dem kleinen Paket? Ist das für die Mama?« Er hat mir das Paket aus den Händen gerissen und gesagt, ich soll ihn gefälligst in Ruhe lassen und allesamt miteinander. Und mit dieser Bagage will er nichts zu tun haben. »Was kann denn der Michael dafür«, hab ich gesagt, »den mag doch niemand außer uns«. Ich hab am Gesicht vom Moritz gemerkt, wie sein Herz weich geworden ist, und er ist ins Wohnzimmer hinaus. Ohne nach rechts und links zu schauen, hat er den Michael an der Hand gepackt.
»Denkst du nicht«, hat der Arthur da gesagt, »daß es gescheit wäre, Moritz, dich dem Michael vorzustellen?« Der Moritz hat nur gemurrt, und der Michael hat wieder so auf den Boden geschaut. Mensch, und wie soll das werden, wenn der nicht einmal ordentlich Deutsch kann?
Der blöde Dodo hat geheult, und es hat nach übergelaufener Milch gestunken, scheußlich verbrannt.
Die James-Bond-Frau hat mit dem Herdabreiben angefangen und laut gesagt: »Die Landschaft hier ist schön. Die Berge sind hoch. Auf den Gipfeln liegt Schnee.« Ich hab mir gedacht: genau wies im Lesebuch steht. Keiner hat anscheinend die Hausglocke gehört oder das Türaufsperren. Denn auf einmal ist die Mama dagestanden. Ich hab sie zuerst bemerkt. Es hat so gewirkt, als gehört sie gar nicht zu uns.
Der Arthur ist zu ihr hingegangen und hat sie festgehalten. Sie hat geweint und überhaupt nicht geredet, und das hab ich mir gleich gedacht, daß sie mit dem Weinen anfangen wird. Alle sind ganz still gewesen, und vorher wars noch so laut.
Der Arthur und die Mama sind aus dem Zimmer, und als erster hat sich der Zweitvater gemeldet: »Ich muß

noch mit ihr reden, bevor wir gehen, daß ich das nicht verschwitze!«

Es hat auch nicht lang gedauert, und die Mama ist mit dem Arthur wieder zurückgekommen. Die Mutter hat einen anderen Rock angehabt und hat jedem freundlich die Hand gegeben. Mir zuletzt.

Mir hat sie zu allerletzt eine kurze Aufmerksamkeit geschenkt, und ich hab sie als erste gesehen.

Der Zweitvater hat zu meiner Mutter gesagt: »Gudrun«, und hat sie komisch angesehen, »bevor wir gehen, hätte ich dich gerne unter vier Augen gesprochen«. Die Mutter hat gesagt, vor dem Arthur hat sie kein Geheimnis, und wenn er, der Zweitvater, etwas zu sagen hat, dann soll er das jetzt tun und hier an diesem Tisch.

Der Arthur ist aufgestanden, hat sein Tabakpaket zusammengeräumt und die Brösel in die Handfläche geschoben. »Du gehst doch nicht«, hat die Mutter gesagt, und er hat keine Antwort gegeben und ist hinaus aus dem Zimmer. Die Tür hat er so betont leise zugemacht, daß es ärgerlich war. Für die Mutter war es ärgerlich, weil sie das vorhin gesagt hat. So die Tür zu schließen, ist schlimmer, als sie zuzuknallen.

Mich hat es nicht geärgert. Ich hab den Arthur verstanden. Er wollte allein sein. Und er hat doch das Recht, allein zu sein.

Ich hab gesagt: »Jeder Mensch hat das Recht, allein zu sein.«

»Halt den Mund«, hat meine Mutter gesagt.

Ich bin auch gegangen und ganz leise die Stiege zum Arthur hinauf. Ich hab an seine Türe geklopft. Gleich ein paar Mal. Es hat sich nämlich nichts

getan. Dann bin ich einfach hinein. Ich meine, so einfach ist das nicht, beim Arthur einfach so hineinzugehen!
Der Arthur ist auf seinem Sofa gelegen und hat den Kopf tief in der Decke eingegraben gehabt, daß man überhaupt nichts hat sehen können.
Ich bin vor ihm gestanden und hab ihn angeschaut. Ganz finster ists im Zimmer gewesen. Ich hab auch keine Lampe angezündet. Vom Fenster her ist ein bißchen Mondschein hereingefallen, aber kaum. Die Pflanzen auf Arthurs Schreibtisch sind mir wie Ungeheuer vorgekommen. Wie Ungeheuer gerade nicht, aber ich weiß eigentlich nicht, wie.
Arthur hat sich überhaupt nicht bewegt. Also aufgeräumt, so wie er es von uns verlangt, wars bei ihm nicht. Bei ihm sieht die Unordnung irgendwie interessant aus. Soll ich oder soll ich nicht? Immer noch bin ich dagestanden. Also soll ich... Und bin ganz schnell zu Arthur unter die Decke gekrochen und hab gemerkt, daß er gar nicht wie ein Schlafender geatmet hat. Jetzt wird er mich etwas fragen, hab ich mir gedacht. Aber ich war mit ihm verbündet, und er hat mich nur festgehalten, und wir sind, glaub ich, heiß wars, ja, bald eingeschlafen. Es ist so schwer, hab ich geträumt, ein Haus zu finden, wo der King Kong angenehm stehen kann. Endlich haben wir eine leerstehende Kirche gefunden und darin zum Wohnen angefangen. Ich hab mich gar nicht getraut, meine Poster dort aufzuhängen. King Kong hat am Altar gekocht. Schlecht gewürzt, muß ich sagen. Ich hab oft im Kirchenstuhl verweilt und auf einer Kirchenbank geruht. Die Eßwaren hatten einen großen Nährgehalt. So viel gespeist, bin ich dick geworden, und mein Arthur, dem ich einmal am

Hauptportal begegnet bin, hat mich nicht mehr wiedererkannt.
Es ist wirklich wahr, daß ich mit eingezogenem Bauch aufgewacht bin, denn Arthur hat gesagt: »Warum um Himmels willen ziehst du deinen Bauch so ein?« »Weil ich dick war im Traum, du hast mich gar nicht wiedererkennen können«, hab ich gesagt und mir gleichzeitig gedacht, kindisch, richtig kindisch klingt das.
»An deiner Stimme würde ich dich immer erkennen«, hat der Arthur gesagt, und ich hab mich gefreut und gefragt: »Ja, findest du mein Organ angenehm?«
Ich bin bös erschrocken, als mein älterer Bruder potzblitz vor uns gestanden ist. Gerade der muß sich aufregen! Selber immer im Bett!
»Du hast vielleicht Nerven«, hat er natürlich zu mir gesagt. »Du faulst da oben herum, und die Mutter muß sich unten mit diesen Gehirnamputierten herumschlagen.«
»Also los«, hat der Arthur zu mir gesagt und mich grob aus dem Bett geschubst, »nimm dich deiner Mutter an!«
Und du, wollte ich sagen, wo du doch der erste Annehmer sein solltest als Ehemann? Nichts hab ich gesagt. Warum kann der Arthur einmal lieb sein und gleich wieder gefühllos. Warum hat er den Kopf an das Stiegengeländer geschlagen?
Vor dem Hinuntergehen wollte ich mir die Haare glatt durchkämmen, damit der Glanz auf dem Scheitel zum Vorschein kommt. Der Moritz hat gelästert, und da ist mir die Kämmlust vergangen.
Die Mutter hat Würste in der Hand gehabt, und kochendes Wasser ist auf der Herdplatte gestanden. Die James-Bond-Frau mit dem Dodo auf dem Arm hat kompliziert einen blauen Knopf angenäht. Der Zweit-

vater ist gemütlich auf dem Sofa gesessen, halb gelegen. Michael hat für sich allein Memory gespielt. Und der Hund? War die Alla mit dem Hund immer noch weg? Die Katzen haben mit den Pfoten an der Terrassentüre gescharrt.
»Wo ist denn die Alla«, hab ich meine Mutter gefragt, »der ihre Mutter wird sich wundern, wenn die nicht heimkommt. Es ist doch schon spät.«
»Der ihre Mutter, der ihre Mutter«, hat meine Mutter mich nachgeäfft und mir bedeutet, ich soll nahe zu ihr hintreten. Bin ich aber nicht.
»Hol deinen Vater zum Weißwurstessen«, hat sie gesagt, »und du, Moritz, öffne drei Bierflaschen und paß beim Einschenken auf«.
Warum hätte ich vor sie hintreten sollen? Manchmal sieht sie richtig alt aus, meine Mutter, obwohl sie noch jung ist. Ich weiß doch, daß der Arthur Weißwürste nicht ausstehen kann. Ich bin ins Bad gegangen und hab mich gekämmt, bis der Scheitel so geglänzt hat.
Mit Spucke hab ich die Augenbrauen nachgezogen.
In Modezeitschriften haben die Frauen manchmal anstelle der Brauen nur einen geschwungenen Strich.
Ich hab schöne Zähne. Meine Zähne sind ebenmäßig.
Ich bin zum Arthur ins Zimmer und hab leise gesagt: »Weißwürste gibts, läßt dir die Mutter ausrichten, und du sollst sie nicht warten lassen.«
Von meiner Wurst ist die Haut so schlecht abgegangen. Den bayrischen Senf werd ich nie mögen.
Mensch, war ich froh, als die endlich gegangen sind. Der Zweitvater mit seiner Angetrauten und Dodo mit Hund.
Der Michael war schon fast eingeschlafen, und ich hab gesagt: »Den Michael haben sie vergessen.«

»Der bleibt«, hat die Mutter gesagt, »und jetzt Marsch ins Bett«.
»Hat man meine Mutter verständigt, daß ich dableiben kann«, hat die Alla gesagt, und zu meiner Mutter hin: »Frau Gudrun, kann ich eigentlich dableiben?«
»Das fragst du um Mitternacht«, hat meine Mutter grantig gesagt. »Angerufen habe ich natürlich, ich rufe doch immer an. Bin überhaupt das Mädchen für alles hier.« Und sie hat den Arthur angeschaut. Der hat den Kopf eingezogen und ist hinaus aus dem Zimmer. »Alles bleibt an mir hängen«, hat die Mutter weiter gesagt. »Ein Kommen und Gehen ist das, und bei uns ists ja so gemütlich! Der Herr Sohn und das Fräulein Tochter benehmen sich wie Hotelgäste.« Jetzt wird sie gleich etwas über den Arthur sagen, hab ich mir gedacht, daß der auch, aber sie hat gar nichts gesagt und nur die Balkontüre aufgerissen. »Luft ist, was ich brauche, hat sie gesagt. Viel Luft!«

Ich bin aus dem Wohnzimmer geschlichen und hab mich sorgfältig mit Arthurs Herrenseife gewaschen.
In einer Handbreit lauwarmem Wasser bin ich gesessen und hab mich nicht mehr getraut, heißes zulaufen zu lassen, wegen dem Lärm. Ich bin eigentlich sauber und wasche mich.
So, der Michael bleibt. Bleibt der vielleicht für immer? Jetzt liegt er zusammen mit der Alla im Bett vom Moritz. Was der Michael sich denkt, wenn er noch nicht schläft? Haben sie ihn überhaupt gefragt, ob er bei uns bleiben will? Er kennt uns kaum. Er kann nicht wissen, wie wir zu ihm sein werden. Ich wollte immer nach Italien. Dunkelhaarige nehmen gleich Farbe an in der Sonne. Ich hätte dann vielleicht wie die Inderin ausgese-

hen, die ich einmal auf dem Lindauer Bahnhof gesehen hab. Die war vielleicht eine Schönheit! Leider hat sie beim Lachen zwei Goldzähne gehabt.
Moritz ist wahnsinnig breit auf meinem Bett gelegen. »Und wo soll ich hin?« hab ich ihn gefragt. Im Halbschlaf hat er nur gemurrt. Der hat es gut, muß sich nur hinlegen und ist schon hinüber. Das geht bei mir nicht. Lang bin ich noch dagelegen und hab die Augen nicht zugebracht. Die sollen einen Unfall bauen auf der Italienfahrt, hab ich mir gedacht. Der Dodo wär gleich schmerzlos tot. Ich hab mir die James-Bond-Frau in einem Rollstuhl vorgestellt und den Zweitvater ohne Nase. Einmal hab ich gehört, daß ein Amerikaner bei einem Autounfall, oder war es ein Selbstmord, ist ja egal, also, so war es: Mit einem Gewehr hat sich der Amerikaner in den Kopf schießen wollen und aus Versehen nur seine Nase weggeschossen. Und dann auf einmal wollte er leben, der Amerikaner, ist das nicht komisch? Er war sehr reich und ist zu einem Chirurgen für Schönheit nach Salzburg gefahren. Der hat ihm dann von seinem Bauch ein schönes Stück Haut entfernt und einen feinen Hautlappen davon ausgeschnitten. Der ist dann dem Amerikaner an der nichtvorhandenen Nase angeklebt worden. Unter den Augen wahrscheinlich, wo sonst. Und wo normalerweise die Nase hingehört, hat der Chirurg eine Nase aus, ich weiß nicht, jedenfalls so ähnlich wie Plastilin muß das gewesen sein, geformt. Und dabei hat er eine Photographie des Amerikaners zur Vorlage gehabt, eine Bild noch mit Nase. Der Amerikaner steht vor einem großen Palmbusch und grinst in die Kamera.

Endlich bin ich eingeschlafen.

Ich hab geträumt, und das war schrecklich: Im Traum bin ich schon eine Frau gewesen, irgendwie zu groß geraten und sanftmütig. Mein Mann war der Arthur, genauso, wie er echt aussieht. Wir sind zusammen nach Paris gefahren. Immer hat es nur geregnet. Mein Mann, der Arthur, wollte mir deshalb einen Regenmantel kaufen, aber weil ich so groß ausgefallen bin, hat es keinen in meiner Größe gegeben. Ich hab einen durchsichtigen Schirm gehabt. Mein Mann, der Arthur, hat immer meinen Arm auf- und abwärtsgestreichelt. Das ist ein gutes Gefühl gewesen. Wir sind zum Essen in ein Feinschmeckerlokal. Der Besitzer war gleichzeitig der Chefkoch. Er war sehr dick und hat einem sehr dicken Schauspieler ähnlich gesehen. Der Chefkoch hat seinen dicken Bauch mit der blauen, schmutzigen Schürze am Herd angelehnt gehabt. Aus der tiefen Suppenkelle hat er laut geschlürft.
Mein Mann, der Arthur, und ich hatten vorzüglich gespeist, die allerfeinsten Sachen. Zum Abschluß für einen zufriedenen Magen überredete mich der Mann vom Nebentisch zu der größten Besonderheit. Der dicke Koch servierte mir kleine, goldene Fische, die auf dem Silberteller hin- und herflutschten. Ich nahm einen Fisch in den Mund, und er rutschte blitzschnell durch den Hals. Mir hats geekelt. Gleichzeitig dachte ich mir, es könnte doch sein, daß mich diese Speise verkleinert, und deshalb wollte ich ganz schnell nach dem zweiten Fisch greifen. Ich bekam ihn nicht zu fassen, so schlüpfrig war er, mit dem Besteck nicht und nicht mit den Fingern.
Der Herr vom Nebentisch saß mit einem sehr schönen Kind Seite an Seite. Ob ich denn die Fische nicht essen wolle, fragte er mich. Ich schüttelte nur den Kopf. Der

Herr nahm die Fische ganz problemlos auf eine lange Gabel und fütterte damit das schöne Kind, das sich sogleich nach dem Genuß in eine glänzende seidene Ratte mit einem nackten, ekelhaften Schwanz verwandelte.
Ganz steif vor Angst sind mein Mann, der Arthur, und ich weggegangen. Auf den Straßen ist Theater gespielt worden. Die Menchen lachten und waren froh, und mein Mann, der Arthur, streichelte meinen Arm zärtlich auf- und abwärts.
Ich hab in diesem Traum eine ungefähr fünfzigjährige Frau mit grauem, lässig schlampigem Haar gesehen, in einem Priestergewand aus weißer Seide, lila eingefaßt, mit einem großen Goldkreuz auf der Brust. »Das darf sie doch nicht«, hab ich zu meinem Mann, dem Arthur, gesagt. Er hatte die Frau überhaupt nicht bemerkt.
Wir sind vor ein großes schwarzes Eisengestänge gekommen, das die Straße abgesperrt hat. Das war wie ein Teil eines Gerüsts. Die Träger in der Mitte hatten die Form eines Kreuzes. Die Frau im Priestergewand ist davorgestanden, und jetzt hat sie auch mein Mann, der Arthur, gesehen! Wir standen ganz allein mit der Frau auf dem Platz.
»Wollt ihr den Teufel erleben, so kommt näher«, hat die Frau gesagt, dann hat sie entsetzlich geschrien und ist vor unseren Augen ganz langsam nach innen verkohlt. Ein Häufchen Asche ist übriggeblieben.
Ich hab die Asche eingesammelt, und jetzt liegt sie unter meinem Kopfpolster.

Ich wache auf und sehe gleich nach. Unter meinem Polster liegt nur das Pyjamaoberteil, da bin ich froh.

Und morgen fang ich ein neues Leben an. Das sagt meine Mutter oft.
Aber das hat überhaupt keine Bedeutung. Alles geht weiter wie immer.

Wie das mit meinem Bruder Michael so eine Selbstverständlichkeit geworden ist, das ist doch seltsam. Es war, als sei er immer dagewesen. Seine Sprache war anfangs schon noch komisch, ein Kuddelmuddel aus dem Deutsch des Zweitvaters und dem Wasweißich der James-Bond-Frau. Es ist keine Schwierigkeit, den Michael zu verstehen. Er redet auch nicht viel. Besonders angefreundet hat er sich mit der Alla. Das sind beide richtige Dreckspatzen, die immer klebrige Hände haben, und denen vor nichts graust. Moritz bemüht sich nicht besonders um den Michael, aber vielleicht ist das gerade das richtige. Auch Arthur nicht. Nur ich muß den Michael immer verstohlen anschauen und mir Gedanken machen, was wohl das beste ist. Ich bin so umständlich wie meine Mutter. Die fragt jeden Vormittag nach seiner Lieblingsspeise, und dabei schmeckt ihm alles. Der Michael hat nur Lieblingsspeisen. Im Herbst muß er zur Schule, er ist schon über sechs. Ich hab meine Mutter gefragt, ob er denn am Schulbeginn noch da sein wird. Sie denkt schon. Er ist niemand im Weg. Moritz hat zur Zeit einen Sportwahn, jede freie Minute geht er zum Handballspielen. Der Trainer ist ein braungebrannter, schöner Mann. Er holt den Moritz fast täglich ab. Meine Mutter hat zum Arthur gesagt, daß ihr das komisch vorkommt, daß der Trainer sich so um unseren Moritz kümmert. Wieso denn, hat der Arthur gesagt, die halten eben beide viel vom Handball.
Ich ärgere mich, weil ich gemerkt hab, wie sehr mir die Angela abgeht. Und gespannt bin ich! Übermorgen kommt sie zurück. Ob sie sich verändert hat? Die hat doch jedesmal noch anders ausgesehen. Erst freut man sich auf die Ferien, und dann ist einem so elend fad. Ich muß ehrlich zugeben, daß es mit meinen braven Vorsät-

zen, der Mutter viel zu helfen, nicht weit her war. Ich hab immer versucht, nicht dazusein, wenns viel zu arbeiten gab. Hausarbeit ödet mich an.
Ich bin ein paarmal zum Flipperspielen und bin gerade so lang dortgeblieben, bis ich keine Freispiele mehr hatte. Gestern auf dem Nachhauseweg hab ich im Park Moritz mit seinem Trainer gesehen. Sie sind auf einer Bank gesessen und haben an einem zweistöckigen Eis gelutscht. Ich hab dem Moritz zu Hause gesagt: »Im Park hast du Eis gelutscht und mich nicht bemerken wollen.«

Ich hab mir überlegt, ob ich dem Arthur von meinem Traum erzählen soll. Lieber nicht. Sicher hätte er gesagt, das hast du dir nur ausgedacht, um zu sehen, wie ich reagiere. Wenn ich etwas erzähle, wo nur er und ich vorkomme, dann sagt er immer: »Und wie möchtest du, daß ich reagiere?«

Heute ist der Tag von Angelas Rückkehr. Ich geh gleich zu ihrer Mutter hinüber und frag nach der genauen Ankunftszeit. Ich kämme mich sorgfältig und ziehe die engsten Jeans an, damit ich etwas gleichschaue. Sonst sagt die Angela wieder: »Wie kommst du mir eigentlich vor?« Das will ich vermeiden. Am Scheitel glänzen meine Haare. Schade, daß die Sonne nicht scheint. Es regnet, und die Mutter ist mit dem einzigen Schirm auf den Markt gegangen. Wenn sie viel einkauft, und das tut sie gewiß, kann sie den Schirm sowieso nicht mehr aufspannen. Da hätte sie gleich ohne Schirm gehen können. Und ich soll naß werden und geschleckt aussehen! So eine Gemeinheit.
Bevor das Gemüseputzen für die angekündigte Suppe

anfängt, möcht ich aus dem Haus sein. »Wohin so eilig«, hat Arthur mir nachgerufen. »Angela holen«, hab ich gesagt. Da hat er mir bedeutet, ich soll dableiben.
Die Mutter hat sich die nassen Kleider ausgezogen. Mit dem Unterrock hat sie den nassen Schirm aufgerollt und zum Trocknen auf den Balkon gestellt. Das Gemüse liegt, noch in Zeitungspapier eingewickelt, auf der Anrichte.
Jetzt kann ich Gelbrüben putzen, wo doch die Angela zurückkommt. Bestimmt werd ich sie versäumen. Zwiebelschneiden muß ich auch noch.
Und da war auch schon die Angela: »Wollte nur mal Tschüs sagen.«
Wie die gewirkt hat! Größer und älter. Richtig kindisch vorgekommen bin ich mir.
Meine Augen waren voll Tränen von den Zwiebeln, rot wie bei einem Wellensittich. Angela hat gleich gesagt, wie süß sie das findet, daß ich vor Freude weine.
Meine Mutter ist immer noch im Unterrock dagestanden, mit halbnassen Haaren, und hat gesagt, daß ich nach dem Essen zur Angela kommen kann, wenn ich will, oder umgekehrt.

Ich hatte Angelas Mutter sicher drei Wochen nicht gesehen und war überrascht, weil sie so gut ausgesehen hat. Ihr Freund ist am Klavier gesessen und hat geübt. Jedenfalls hat es so geklungen. Die Angela war beim Kofferausräumen. Drei neue Kleider hat sie gehabt. Barfuß ist sie dagestanden, und ihre Mutter hat gesagt: »Kaum ist sie zurück, will sie sich verkühlen.«
Und die Angela: »Klar, damit ich nicht in die Scheißschule muß.«
Es hat so geschüttet. Also sind wir im Zimmer geblieben und haben Platten gehört. Angela hat mir einen neuen Tanzschritt gezeigt. Ich bin gelehrig und kapiere schnell.
Man muß vor dem Spiegel tanzen, hat die Angela gesagt, um die Kontrolle zu haben. Irgendwie bin ich mir blöd vorgekommen, vielleicht wegen dem Größenunterschied, obwohl ich geschmeidiger bin in der Bewegung. Ich hab mir schon von Anfang an überlegt, was ich sagen würde, weil wir ja gar nicht in Italien waren. Ich war überhaupt nicht braun. Ich hab der Angela einfach alles erzählt, genau wie es war. Sie hat sich gar nicht gewundert. Ich hab gesagt: »Und du hast gewiß siebenhundertfünfzig Bekanntschaften gemacht und bist für den Film entdeckt worden.«

»Der Typ von meiner Mutter ist süß«, hat sie gesagt, »findest du nicht?«
Ich hab ihre neuen Kleider anprobieren müssen. Die waren alle zu groß und sind wie Tücher an mir gehangen. Ich hab großen Hunger gehabt. Aber es war nichts zum Essen da, weil die alle zur Feier des Tages ins Wirtshaus gehen wollten.
»Also dann«, hab ich gesagt, »bis morgen«.

Zuhause haben Arthur und meine Mutter gerade über die Angela verhandelt, und ich hab gehört, wie Arthur gesagt hat, die gehört zu den wahnsinnig schönen Mädchen, die schnell wahnsinnig häßlich werden.
Ich weiß auch nicht, aber auf einmal war ich sehr gut aufgelegt. Wir haben ein wirklich freundliches Wohnzimmer, hab ich mir gedacht, der Regen klopft an die Scheibe und rinnt gemütlich hinunter...

Moritz war tatsächlich froh, daß die Angela wieder da war, nur wollte er es nicht zugeben. Er hat sich oft gewaschen und Arthurs Rasierwasser benutzt. Hat er die Angela angesehen, ist sein Gesicht rot geworden, und das hat sie gefreut, aber eigentlich nicht interessiert. Interessiert hat sich die Angela im Moment für den Freund ihrer Mutter sehr ausgiebig. Ihre Mutter ist wieder zusammengefallen, das hat man an ihrem Gesicht bemerkt und auch an der Gleichgültigkeit in der Kleidung. Ihre Augen sind mir trüb vorgekommen, aber die Angela hat gesagt, daß ich mir das nur einbilde. Sie hat gemeint, ihre Mutter sei vor Liebe blind und merke nicht einmal, daß Achim, wie der Freund heißt, sich nicht halb so sehr für sie interessiere. Der Achim ist bestimmt ein netter Kerl, nur ein bißchen verunsichert durch die Aufdringlichkeit von der Angela. Das wird es sein.
»Es wird so sein«, hab ich zur Angela gesagt, »daß du dem Achim mit deiner Aufdringlichkeit auf den Wecker fällst, und weil er einen guten Anstand hat, läßt er sich nichts anmerken.«
Da war die Angela sehr zornig und hat mir geraten, bis nächste Woche zu warten, dann würden mir die Augen aus dem Kopf fallen.

Ich kann ja nicht wissen, was sich dann zugetragen hat, ich weiß nur soviel, daß gestern Angelas Mutter bei uns war und meine Mutter gebeten hat, ob die Angela nicht eine Woche bei uns übernachten kann.
Dem Arthur ist das als eine Zumutung erschienen, und er hat sehr vorsichtig formuliert, daß die Mutter nach dem Krankenhausaufenthalt, und jetzt dazu noch mit dem Michael, einfach nicht in der Lage sei, noch mehr auf sich zu nehmen. Als dann Angelas Mutter zum Heulen angefangen hat, ist Arthur weich geworden. »Wir wollen nämlich wegfahren«, hat sie gesagt, »ich und Achim, die drei Tage vor Schulbeginn noch ausnützen«, und dann hat sie gesagt, »meine Angela hat keine Lust mitzukommen, das ist ihr zu fad, und das dauernde Herummeckern verleidet einem alles, das kann ich Ihnen sagen«. Sie denke sich oft, was denn wohl aus der Angela werden könne, sie habe überhaupt keine Interessen, und im Kopf sei sie alles andere als eine Kapazität. Für die Musik interessiere sie sich nicht, wo sie doch ständig mit Musik konfrontiert worden sei, von der Flöte angefangen, sie könne sich einfach nicht erklären, warum die Angela, »meine Angela«, hat sie gesagt, also, warum sie von einer solchen Oberflächlichkeit befallen sei. Und das könne auch nicht am Alter liegen, sei doch die Bella, also ich, ein Jahr jünger, und um so vieles verständiger. Das Traurigste aber, so denke sie sich und auch Achim, sei, daß ihre Angela kein Herz habe. Gewiß sei sie ein schönes Mädchen, aber das sei ja nichts besonderes, gebe es doch fast nur mehr schöne Mädchen, dank der vielen Hilfsmittel und schon allein in der Natur.
Meine Mutter hat Kaffee aufgesetzt, und es hat mich gewundert, daß man mich nicht aus dem Zimmer

geschickt hat, wie das sonst der Fall ist. Man hat mich wahrscheinlich nicht bemerkt, so hinten auf dem Sofa, und durch den Regen wird ein Zimmer gleich dunkel, und wenn jemand weint, will niemand Licht machen. Arthur hat Angelas Mutter Selbstgedrehte angeboten, die sie umständlich geraucht hat. Dabei hat sie sich die Finger verbrannt. Sie raucht eigentlich nur in Notfällen.
»Kommt Zeit, kommt Rat«, hat meine Mutter über ihre Kaffeetasse hinweg gesagt, und das hat so geklungen, als habe sie überhaupt nicht zugehört. Sie sagt auch manchmal: »Der Krug geht so lange zum Brunnen, bis er bricht.« Oder: »Lügen haben kurze Beine.«
»Ich denke«, hat Angelas Mutter weitergeredet, »von mir aus könnte die Angela auch Friseuse werden oder Kosmetikerin, nur interessiert sie das alles nicht. Sie denkt sich doch wirklich, daß einer kommt und sie groß für den Film entdeckt.«

Gleich am Abend ist Angela mit einem Koffer wie für eine große Reise anmarschiert. Sie war stocksauer auf ihre Mutter, weil sie gern mitgefahren wäre. Meine Mutter hat ihr ein Bett im Wohnzimmer zurechtgemacht, und das hat der Angela auch nicht gepaßt. Sie wollte bei mir schlafen.
In der Nacht ist sie in mein Zimmer gekomen und unter meine kurze Decke gekrochen. Ich hab überhaupt keinen Platz gehabt. Außerdem schnauft sie laut, und das hat mich gestört. In der Früh ist sie scheinheilig in ihr Wohnzimmerbett zurückgeklettert, und scheinheilig hat sie auch gesagt: »Ich hab fabelhaft geschlafen.« Dabei hat sie mir ein Auge gedrückt.
Am Vormittag hat sie sich gleich aus dem Staub gemacht, nur damit sie nicht mithelfen muß. Zu Mittag hat sie sich an den Tisch gesetzt und kräftig zugelangt. Am frühen Nachmittag ist sie gleich wieder verschwunden und erst aufgetaucht, als es dunkel wurde.
Meine Mutter hat sich nicht darüber gewundert. Ihr war nur wichtig, daß Angela die Nacht bei uns verbringt.

Am zweiten und dritten Tag war die Angela genausoviel unterwegs, und da hab ich mir vorgenommen, ihr nachzugehen.
Sie wollte nichts erzählen und war immer nur hungrig und müde.
In der Nacht hat sie im Wohnzimmer geschlafen und so tief, daß ich sie nicht wachkriegen konnte.

Als sie nach dem Frühstück gehen wollte, hab ich gesagt: »Das trifft sich gut, ich begleite dich, ich muß nämlich auf den Markt, Gemüse holen.«
Wir haben den kürzesten Weg in die Stadt durch den

Friedhof genommen, sind zusammen durch den Park gerannt, und auf der Hauptstraße hat Angela gesagt: »Also Tschüs, bis später.«
Sie wollte mir einfach keine Auskunft geben.
»Dann laß es bleiben«, hab ich gesagt, »interessiert mich sowieso nicht, was du da treibst«.
Ich hab gesehen, wie sie an der Straße gewartet hat. Und gleich ist ein Auto stehengeblieben. Sie hat den Kopf geschüttelt und ist nicht eingestiegen. Das zweite Auto war ein Volkswagen, und den hat sie genommen. Ich wollte die Nummer ganz schnell aufschreiben, aber das Auto war weg. Es hat eine schwarze Farbe und ein aufklappbares Dach.
Am Abend hab ich es vor lauter Neugierde nicht mehr ausgehalten. Kaum war die Angela da, hab ich sie zur Seite genommen und gesagt: »Ich hab gesehen, wie du in einen schwarzen Volkswagen eingestiegen bist, und wenn du mir nicht sagst, wem der gehört, dann erzähl ich alles deiner Mutter.« Ich bin mir ziemlich mies vorgekommen, aber meine Neugierde war doch größer als jeder Stolz.
Die Angela war ganz cool und hat mich nicht einmal beschimpft. Sie hat gesagt: »Weißt du was, dann kommst du morgen einfach mit.«

Wie soll ich das bloß anstellen, was erzähle ich meiner Mutter?
Wenn die Sonne scheint, gehen wir baden, wenn es regnet, in die Schlangenschau.
Vor lauter Aufregung hab ich gar nicht einschlafen können. Ich hab mir vorgestellt, wie das sein würde: Über Nacht würde ich wachsen und einen Busen bekommen. Ich würde ein blauen Kleid mit Goldtupfen

tragen. Ein Mann führt uns in ein feines Haus, das wie ein Schloß aussieht, und das Schloß hat unzählige Zimmer. Um das Schloß herum ist ein wilder Park mit wilden zahmen Tieren, Leoparden und einem Panther. Ein See ist da, und wir fahren in einem Boot so weit, bis wir kein Land mehr sehen. Zum Essen gibt es kleine Brote mit herrlichen Aufstrichen...

Am nächsten Tag hat die Sonne geschienen, daß es eine Freude war. Ein Lüftchen hat geweht, und das ist genau der richtige Anfang, hab ich mir gedacht.
Meine Mutter hat mir zum Anziehen ein Badekleid zurechtgelegt, das ich nicht ausstehen kann und in dem ich richtig kindisch wirke. Ich hab es angezogen, um eine Auseinandersetzung zu vermeiden. Was Kleidung anlangt, ist meine Mutter hoffnungslos stur, und wenn sie sich an mir etwas einbildet, muß es so sein. Die Angela dagegen hat zauberhaft ausgesehen in ihrem blauen Goldtupfenkleid. Wir haben beide keine Schuhe angehabt.
Ich war wieder im Nachteil. Die Angela hat mich spüren lassen, daß ich nichts bin, und wie nichts bin ich neben ihr hergelaufen. Meine Badetasche hab ich hinter einem Grabstein versteckt: Josef Kaltenbach, Regierungsrat i. Ruhe. Das muß ich mir merken.
Kein Wort hat sie mit mir geredet, und als der schwarze Volkswagen angehalten hat, ist mir vor Aufregung die Luft weggeblieben und meine Knie haben gezittert. Im Volkswagen ist der Mann vom See gesessen, und er hat mir zugelächelt und gesagt: »Du bist doch die mit dem Zitroneneis, wie war doch gleich dein Name?«
Angela hat sich nach vorn gesetzt und dem Mann einen Kuß auf die Wange gegeben. »Die Bella muß ich mit-

nehmen«, hat sie gesagt, »sonst verpetzt sie mich bei der Mutter.«
Das war gemein. Ich hab gemerkt, wie ich rot werd. Ich hab mich so geschämt! Wär ich bloß zu Haus geblieben! Ich wollt gerade sagen, bitte, lassen Sie mich aussteigen, ich muß noch für meinen Vater in die Apotheke, er leidet unter Migräne und braucht seine Tabletten, da hat sich der Mann nach hinten gebeugt und ganz freundlich gesagt: »Also, ich finde es fabelhaft, daß du uns begleiten willst. Wir werden uns einen richtig schönen Tag machen.«
Die Angela hat ein stures Gesicht gemacht und stur aus dem kleinen Fenster geschaut.

Wir sind ziemlich lange gefahren. In Bludenz haben wir Eis gegessen. Die Angela hat sich immer noch stur gestellt. Dem Mann hat das nichts ausgemacht. Er hat sich nur mit mir unterhalten. Er ist wirklich nett. So normal. Richtig vernünftig. Wie ein netter Onkel.
Er hat auch mich gefragt, was ich gerne tun möchte.
»Die Angela«, hat er gesagt, »will immer nur autofahren. Sie will, daß ich das Verdeck aufmache, und dann hält sie ihr Gesicht in die Sonne, ihre Haare wehen wie eine Fahne, und sie ist glücklich.«
»Woher willst du wissen, ob ich glücklich bin«, hat die Angela gesagt. »Du langweilst mich, und deshalb ist es am besten, wenn wir fahren. Da sehe ich wenigstens, wie alles vorbeifliegt.«
Die ganze Zeit hab ich mir gedacht: Irgendetwas wird gleich geschehen, aber was, hab ich nicht gewußt. Der Mann hat sich überhaupt nicht mit der Angela beschäftigt. Sie hat sich von ihm einen Fünfziger geben lassen und in einer Trafik einen Bastei-Roman gekauft. Da

konnte sie wenigstens immer in das Groschenheft starren. Richtig gelesen hat sie überhaupt nicht. Das Heft war nur so eine Tarnung.

Mir war schon klar, daß die mir beide ein Theater vorspielen. So blöd bin ich nämlich auch nicht. Aber er hat das lieb gemacht und gar nicht mißmutig. Oder vielleicht hat er mir gar kein Theater vorgespielt, ich hab darauf geachtet, ob die Angela ihm irgendwann ein Auge drückt, wenn sie denkt, daß ich es nicht merke, aber nichts ist passiert.
Ich bin erschrocken, weil der Mann mich auf einmal gefragt hat, warum ich ihn so anstarre.
Ich muß ihn wirklich angestarrt haben. Eis ist auf mein Kleid getropft, und das hat einen großen Fleck gegeben. Ich war ganz unsicher. Am liebsten wär ich weggerannt. Ich hab den Mann wirklich angestarrt. Ich hab mir gedacht: Und der hat die Angela zur Frau gemacht? Das konnte ich mir beim besten Willen nicht vorstellen. Sicher hat sie mich wieder nur angelogen.
»Du hast einen Fleck auf deinem Kleid«, hat der Mann gesagt, »willst dus nicht auswaschen, bevor es eintrocknet?« Aha, hab ich mir gedacht, jetzt schickt er mich weg. Ich bin ganz schnell aufgestanden und in den Waschraum gegangen. Ich hätte gern zurückgeschaut. Aber ich hab nicht zurückgeschaut. Die Angela sagt bestimmt: »Gleich glotzt sie zurück.«
Ich hab überhaupt nicht geglotzt. Und beim Zurückkommen hab ich so fest auf den Boden geschaut, daß ich beinahe den Tisch verfehlt hab.
»Er findet dich süß«, hat die Angela gesagt.
Darauf er: »Lieb finde ich sie.«
»Ein liebes Kind«, hat die Angela gesagt.

»Und was möchtest du jetzt gerne machen?« hat mich der Mann gefragt.
Ich hab leise gesagt: »Das ist mir gleich, ich will tun, was Sie tun.«
»Sag doch Du zu mir. Ich heiße Konrad. Was bin ich bloß für ein unhöflicher Mensch! Ich habe mich überhaupt nicht vorgestellt. Aber wahrscheinlich hat dir die Angela meinenNamen schon gesagt.«
»Nein, hat sie nicht!«
»Orginell ist er gerade nicht, mein Name«, hat der Mann gesagt.
»Mir gefällt er recht gut«, hab ich gesagt. Ich sag auch bei Speisen, die ich nicht so mag, daß sie recht gut sind.
»Wir könnten ein Stück hinauffahren«, hat der Mann vorgeschlagen, »das Wetter ist traumhaft. Ich weiß einen fabelhaften Heidelbeerplatz, massenhaft Heidelbeeren gibt es dort. Die könnt ihr euch gleich in den Mund pflücken. Habt ihr Lust?«
»Mir egal«, hat die Angela gesagt, und ich: »Wenn Sie, wenn du meinst...«
Das mit den Heidelbeeren war wirklich nicht übertrieben. Die Angela hat ganz vergessen, daß sie beleidigt sein wollte. Wir sind wie Hasen von einem Strauch zum anderen gehüpft und haben gegessen, soviel wir konnten. Konrad ist auf einem Stein gesessen und hat uns zugesehen. Einmal hab ich ihm eine Handvoll gebracht. Konrad ist nicht wild auf Heidelbeeren. Das kann ich gar nicht verstehen. Ich bin in eine Distel getreten, da hat mir Konrad die Stacheln ganz zart aus der Fußsohle gezupft.
Angela hat hinter einem Haselstrauch zu mir gesagt: »Wenn du willst, kannst du ihn haben, ich schenk ihn dir.«

»Was schenkst du mir«, hab ich gefragt.
»Na was denn«, hat sie gesagt, »den Konrad natürlich. Ihr paßt gut zusammen. Beide seid ihr Langweiler.«
Das sagt sie nur so. Klar, ist der Konrad nett. Er gehört zu den höflichen Menschen. Er ist wirklich sehr manierlich. Aus Höflichkeit hat er mich mitgenommen, und manierlich ist er, weil er eine gute Kinderstube gehabt hat, nehm ich an. Was will die Angela überhaupt?
»Wenn ihr wollt«, hat Konrad beim Abschied gesagt, »können wir morgen wieder etwas unternehmen«.
Ganz schnell hab ich gesagt: »Morgen geht es nicht, morgen muß ich meiner Mutter helfen.«
Und Angela hat mich nachgeäfft und gesagt: »Morgen geht es nicht, morgen muß ich meiner Mutter helfen.«
Und dann ist er ganz schnell losgefahren, der Konrad.

Die Mutter hat sich über unsere blauen Zähne gewundert. Die Füße, die Knie und die Hände waren sauber. An die Zähne hatten wir nicht gedacht.
Schnell hat die Angela gesagt: »Da war so eine alte Dame im Strandbad mit einem Körbchen voll Heidelbeeren, die hat sie uns geschenkt.«
Wo meine Badetasche ist, wollte die Mutter wissen.
Meine Badetasche. Der Name auf dem Grabstein. Wie war der doch gleich? Irgendetwas mit Kalt und in Ruhe.
»Ich hol die Tasche, sie liegt nur vor der Tür«, hab ich gesagt.
Kaltenbach hat der geheißen, ein alter Herr. Regierungsrat i. Ruhe.
Meine Mutter hat dem Arthur von Heidelbeeren vorgeschwärmt: »Wenn ich daran denke, wieviel Heidelbeeren ich als Kind in mich hineingegessen habe... Ich habe schon so lange... Ich hätte so eine Lust... Kau-

fen kann man die ja nicht, die sind viel zu teuer... Ja, weil das Abbrocken so eine Heidenarbeit ist... Ich sag dir, Arthur, auf der Tschengla war es nur so blau vor lauter Heidelbeeren...
»Sind die jetzt reif?« hat Arthur gefragt.
»Ja«, hab ich gesagt, »ja, ja, sonst, sonst hätt doch die Frau keine gehabt«.
Da kam der Mutter die glorreiche Idee mit der Tschengla. »Warum«, so fragte sie, »können wir nicht morgen alle miteinander auf die Tschengla fahren, einmal im Sommer, wir alle zusammen?«
»Moritz auch?« hat die Angela gefragt.
Auf einmal war ich richtig übermütig. Die Angela hat es mit dem Moritz wichtig gehabt, und das hat ihn verwirrt. Er hat sich überhaupt nicht mehr ausgekannt. Normalerweise beachtet ihn die Angela gar nicht. Sie hat ihm etwas ins Ohr geflüstert, da ist er rot im Gesicht angelaufen. Er ist ins Bad und hat sich gewaschen und einen Spray benutzt. Das riecht man.
Ich hab mir gedacht, die Angela tut das nur, um mich zu verwirren. An meiner guten Laune hat das nichts geändert. Die Mutter war auch ziemlich locker und Arthur sowieso.

Plötzlich hat der Michael mit vollem Mund gesagt: »Stimmt das, daß sich der Elvis totgefressen hat? Stimmt das? Aber dann hat ja immer jemand in der Küche kochen müssen, und der Elvis hat dann immer in den Topf hineingegückselt, weil er so eine Lust zum Fressen gehabt hat. Manchmal hat er dann sicher auch vielleicht halbfertige Sachen gefressen, weil er das vor lauter Freßlust nicht mehr ausgehalten hat, und der Koch hat den Kopf geschüttelt. Und bei den Konzerten

im Fernsehen, wo die Frauen ganz geil auf den Elvis waren, hat er sich unter dem Singen schon auf die heißen Omeletts gefreut. Darum hat er immer so schnell gesungen. Du, Moritz, wie heißt das, wenn man so schnell singt?«
»Hard Rock«, hat der Moritz ganz cool gesagt, und die Angela hat gekichert.
»Wann kommt eigentlich wieder der Dracula im Fernsehen«, hat der Michael gefragt. »Ich möchte gerne ein Kopfkissen vom Dracula.«
»Das hast du sicher von der Alla«, hat meine Mutter gesagt, »das klingt mir ja ganz nach Alla«.
Der Michael war ungewohnt gesprächig.
»Die Alla«, hat er erzählt, »die hat mir erzählt, daß einmal bei der Rechenhausübung wieder alles so scheißkompliziert war, da ist gottseidank zum Fenster eine kleine weiße Schlange hereingekommen und hat ihr gezeigt, wie das geht. Das stimmt aber nicht, oder?«
Ganz ungläubig geschaut hat der Michael. Wenn er so schaut, hat er wahnsinnig große Augen.
Die Angela hat gesagt: »Michael, du siehst aus wie ein Uhu.«
Und der Michael: »Meinst du den Kleister oder den Nachtvogel?«
»Also«, hat der Michael aufgedreht, »dann erzähle ich noch einen Witz. Der kommt von der Alla. Da treffen sich... Bleib sitzen, Mama...«
»Bleib doch sitzen, Mama, wenn er schon einmal so lustig ist«, hat der Arthur gesagt.
»Also... Da treffen sich zwei Unterhosen in der Waschmaschine, und die eine sagt zu der anderen: Warst du im Urlaub, weil du so braun bist? Noch einen...?«

Ganz rot war der Michael im Gesicht vor lauter Eifer.
»Noch einen... Einmal will ein Mädchen immer schaukeln, und die Mutter sagt zu dem Mädchen... Nicht schon wieder weggehen, Mama...«
»Bleib doch endlich sitzen«, sagt der Arthur, »wenn ers schon so wichtig hat«.
»... Und die Mutter sagt zu dem Mädchen, wenn du so hoch schaukelst, sieht man deine Unterhose, ja, und das letztemal hast du wieder so hoch geschaukelt... Das Mädchen hat zur Mutter gesagt: Was regst du dich denn so auf? Letztesmal beim Hochschaukeln habe ich gar keine Unterhose angehabt!«

Meiner Mutter war es eigentlich gleichgültig, was die Angela getrieben hat, sie hat sich gedacht, daß bei ihr sowieso alles zu spät ist. Doch als sie merkte, wie sich zwischen Moritz und Angela etwas anbahnte, wurde sie auf einmal mißtrauisch. Und als die beiden nach dem Abendessen beim Federballspielen waren, hat sie sich an das Küchenfenster gelehnt und beide beobachtet. Meine Mutter mag die Angela nicht.

Arthur hat für den Ausflug einen Bus gemietet. Das Wetter war gerade recht. Ganz hinten im Bus sind eng aneinander Moritz und Angela gesessen, daneben ich, mit einem kleinen Abstand, vor mir Alla und Michael, mit einer Schachtel auf den Knien. Die wollten sie mit Gras füllen und ein Schneckennest machen. Die Schachtel war an der Oberfläche gelocht. Wegen der Sauerstoffzufuhr.
Die Mutter ist neben Arthur gesessen. Sie hat ein weißes Sommerkleid angehabt und die Haare zu einem Zopf gebunden. Wenn sich die Mutter wohl fühlt, summt sie vor sich hin.
Wir hatten Freßpakete mit, und die Alla hat schon gleich nach der Abfahrt ein Hungergefühl verspürt. »Mein Magen sagt mir«, hat sie gesagt, »daß er etwas braucht. Was ist denn alles in dem Beutel?«
Die Mutter hat sich gleich auf die Heidelbeeren gesetzt, und ihr Kleid war blau. Das hat sie aber nicht gestört. Sie hat gesummt und Heidelbeeren in den Mund gestopft.
Arthur hat sich auf eine Bank gesetzt und an seiner Arbeit über die »Nachkriegsgeneration« weitergeschrieben. Das ist meiner Mutter schleierhaft vorgekommen. Bei dem schönen Wetter, das ist ein Vergehen, hat sie gesagt. Arthur läßt sich nicht aus der Ruhe bringen.
Michael und Alla sind auf Schneckensuche gegangen. Moritz und Angela habe ich auf einmal nicht mehr gesehen, die waren wie vom Erdboden verschluckt. Sicher sitzen sie hinter einem Gebüsch und schmusen, hab ich mir gedacht.
Obwohl so viele Leute da waren, bin ich mir allein vorgekommen, und mir war richtig elend. Ich hatte

auch überhaupt keine Heidelbeerlust. Alle haben sie jemand, nur ich nicht.
Ich hab mich auf einen Stein gesetzt und vor mich hingeweint.

Der Stein war ganz heiß wie eine Herdplatte. Als ich sechs war, hat mir mein richtiger Vater einmal einen Herd mit elektrischem Anschluß mitgebracht. Ich hab darauf eine Woche lang jeden Tag in einer Puppenpfanne ein Spiegelei gekocht. Gegessen hab ich es nie, es hat den Geruch von der Puppenpfanne gehabt.
Mein richtiger Vater ist eigentlich ein netter Mensch, jedenfalls viel netter als mein Zweitvater, den hab ich ja nie ausstehen können.
Mein richtiger Vater hat immer seine Schlüssel verloren, und immer war er am Suchen. Ich glaube, er ist ein Frauenverehrer. Meine Mutter ist oft eifersüchtig gewesen. Sie hat in seinen Anzugtaschen herumgenast, und einmal hat sie eine Telephonnummer gefunden. Ich glaube, da war sie froh. Gleich hat sie dort angerufen, aber niemand hat sich gemeldet, und jetzt war ein Grund da, meinen richtigen Vater zu überprüfen. Dem ist das wahnsinnig auf die Nerven gegangen. Ich glaube, die Telephonnummer hat überhaupt keine Bedeutung gehabt.
Später hat mein richtiger Vater schon eine Bekannte gehabt. Die war einen Kopf größer als er und blond, fast rothaarig, mit Sommersprossen. Sie hat langweilig ausgesehen und war von Beruf Kindergärtnerin. Gegen sie ist meine Mutter eine regelrechte Schönheit. Aber nett ist sie gewesen, die Kindergärtnerin. Sie hat viele Spiele gewußt: »Es geht eine Zipfel-

mütz« und »Rauchfangkehrer ging spazieren« und »Ich bin die kleine Schnecke«.
Ich glaube, sie war furchtbar in meinen richtigen Vater verliebt, und das ist ihm dann zuviel geworden. Schade, ich weiß überhaupt nicht, was aus ihr geworden ist. Sie hat in mein Album mit Schönschrift einen Spruch von Schiller geschrieben:

> »Schade, daß es so viel Leute gibt
> und so wenig Menschen.«

Dazu hat sie einen Zwerg mit einer Zipfelmütze gezeichnet, und er sitzt vor seinem Fliegenpilzhaus und raucht eine Pfeife.
Einmal hat uns die Kindergärtnerin noch besucht. Wir haben ja damals in einem kleinen Dorf gewohnt, wo sich Fuchs und Hase Gutenacht sagen. Mein Vater war gar nicht zu Hause, und obwohl meine Mutter die Kindergärtnerin nett gefunden hat, hat sie gesagt, was ist das bloß für eine blöde Ziege. Meinem älteren Bruder, dem Moritz, war sie gleichgültig. Er hat sich auch gleich aus dem Staub gemacht, er kann solche Situationen nicht ausstehen. Das ist ihm peinlich. Dabei hat die Kindergärtnerin mit meinem Vater gar nichts mehr gehabt. Sie wollte sich nur von uns verabschieden. »Ich gehe nach Südamerika«, hat sie gesagt. Ich weiß gar nicht, ob das gestimmt hat. Vielleicht hat sie es nur gesagt, und wir sollten erschrocken sein, weil das so weit weg liegt und dort die politische Lage gefährlich ist.
Mir hat sie leid getan, sie war total verunsichert, und am Schluß hat sie nur mehr mit mir geredet. Wir sind miteinander zum Bach gelaufen, und dort hat sie ein bißchen geweint, und ihre Augen waren schwarz ver-

schmiert von der Wimperntusche. Sie hat mir ein wunderschönes Nähkissen aus gelber Seide geschenkt. Dann ist sie gegangen. Ich hab sie zur Bahn begleitet. Ich hab aber nicht gewartet, bis der Zug abgefahren ist, ich hab mir gedacht, sonst geht die Heulerei gleich wieder los. Auf dem Heimweg hab ich mein gelbes Nähkissen geöffnet. Da waren wunderschöne bunte Seidengarne, kleine und große Nadeln und ein Fingerhut. Wieso war da genau in der Mitte eine rostige Nähnadel? Die hat sie absichtlich dazugetan. Ich war mir ganz sicher. Zur Strafe wahrscheinlich. Weil mein richtiger Vater sich nichts mehr aus ihr gemacht hat. Aber warum mußte ich das dann büßen?

Arthur, mein Drittvater, hat seinen Stuhl in den Schatten gerückt und gleich wieder weitergeschrieben. Sonst war keiner zu sehen. Die Mutter wird heute noch kotzen, hab ich mir gedacht, wenn sie so weiter ißt. Ob Moritz und Angela immer noch schmusen und sich abgreifen? Michael und Alla waren nicht zu sehen. Da werden dann zu Hause wieder tote Kleintiere herumliegen.
Schön heiß war mein Stein, und ich war auch gar nicht mehr traurig. Ich hab mein Kleid ausgezogen und damit ein Kopfpolster gemacht. Am Abend werde ich einen braunen Bauch haben. Schade, daß ich noch keinen Busen hab, ich brauch immer noch kein Oberteil.
Es gibt Sachen, die ich wohl nie begreifen werde. Warum ist damals meine Mutter auf einmal weggegangen, ohne eine Nachricht zu hinterlassen? Das versteh ich nicht. Mein richtiger Vater hat das auch nicht verstanden. Sein Verhältnis mit der Kindergärtnerin war doch vorbei. Und Moritz wollte nicht darüber reden.

Traurig war das ohne Mutter! Sie ist eine Verräterin. Jetzt nicht mehr, aber damals, das muß ich schon sagen. Ich hätt gerne gewußt, wo sie hingegangen ist. Wir haben es nie erfahren.
Meinem richtigen Vater ist die Zeit auch lang geworden, so ohne Frau, und da hat er eines Abends eine schwarzhaarige Frau mitgebracht. Die hat eine tiefe Stimme gehabt. Moritz hat gesagt, das kommt vom Whiskytrinken. Geraucht hat die auch wie ein Schlot und war auch ein Stück älter als mein richtiger Vater. Eine Schauspielerin war das.
Sie war irgendwie geheimnisvoll, aber leider hat sie mich wie Luft behandelt.
Sie hat gerade in einem Strindberg-Stück in St. Gallen gespielt. Mein Vater hat alles von Strindberg gekauft, damit er mitreden konnte. Sie war zwar interessant, aber irgendwie übertrieben. Und einmal ist sie mit mir zum Milchholen. Sie hat Stöckelschuhe angehabt und einen engen Rock. Ich hab mich geschämt. Das kurze Wegstück haben uns zwei Autos überholt und die Schauspielerin angehupt. Ihr hat das gefallen. Ich bin mit der Milchkanne vorgerannt, weil ich nicht wollte, daß der Sepp die mit mir sieht, der hätte sich schiefgelacht. Aber er hat schon von ihr gewußt und mich gefragt, ob der steile Zahn zu meinem Vater gehört.
»Nein«, hab ich gesagt, »das ist so eine entfernte Bekannte. Mein Vater findet sie auch blöd und abgeschmackt.«
»Warum schmusen sie dann am Küchenfenster?« hat der Sepp gefragt und gegrinst. War das peinlich! Ich konnte mich doch nirgends mehr sehen lassen. Ich ging in die erste Klasse Volksschule und hatte schon fast ein ganzes Heft vollgeschrieben. Mein richtiger Vater hat

die Schauspielerin überall hinbegleitet. Er hat einen Kredit aufgenommen und sich drei Anzüge und vier Hemden gekauft. Er war nie mehr da.
Als ob das meine Mutter gewußt hätte, ist sie eines Tages auf einmal wieder dagewesen, ganz selbstverständlich, und es war so, als sei sie überhaupt nie weggegangen. Sie hat gleich Strümpfe gewaschen und Pulloverärmel angestrickt. Sie hat gekocht wie eine Verrückte, so viel, das konnten wir niemals essen.
Als ob mein richtiger Vater das gewußt hätte, ist er eines Tages nicht wiedergekommen. Ich hab keine Antwort gegeben, wenn man mich im Laden oder in der Schule ausgefragt hat, Moritz sicher auch nicht. Wir haben uns doch selber überhaupt nicht mehr ausgekannt.

Mein Stein ist immer noch heiß. Und da kommt auch die Mutter. Sie sieht heute aus wie ein Mädchen.
»Zieh dir dein Kleid über«, sagt sie, »ich zeig dir etwas.«
Sie redet wie ein Buch. Als sie zwei Jahre alt war, und ihre Schwester vier, sind ihre Eltern auf die Tschengla gezogen. Der Vater meiner Mutter ist ein Kriegsversehrter, und deshalb hat er in einem Heim für Kriegsversehrte die Stelle eines Verwalters bekommen.
»Schau, da ist das Heim«, hat meine Mutter aufgeregt gesagt, »sieht noch genau gleich aus, doch ein Baum ist weg, und der Strauch, in dem ich gewohnt habe, den haben sie abgebrannt. Komm, gehen wir ins Haus... Nichts hat sich verändert, doch, die Lampen im Lesesaal, und natürlich keine Teppiche auf dem Holzboden, auf dem Balkon, der Boden, der war auch holzig. Scheint ein Gastbetrieb zu sein. Aber Gäste, siehst du Gäste?« hat sie mich gefragt.
Ich hab nur den Moritz und die Angela gesehen. Die

Angela ist ganz hinten auf einer Bank gelegen, der Moritz, halb im Sitzen, hat sich über sie gebeugt. Meine Mutter hat die beiden nicht erkannt. Und die beiden waren auch so im Element, daß sie uns nicht gesehen haben.
»Wir können doch hier nicht einfach so herumstöbern«, hab ich gesagt.
Meine Mutter wollte das nicht einsehen. Sie hat mich weitergezogen und über kleine und größere Veränderungen geredet, aber ich war in Gedanken beim Moritz und der Angela. Daß er in sie verliebt war, glaube ich, aber umgekehrt? Und was ist mit dem Konrad?
»Und was ist mit dem Arthur?« habe ich meine Mutter gefragt.
»Laß doch den Arthur«, hat sie gesagt.
»Und was ist mit dem Michael und der Alla, wenn sich die verlaufen?«
»Laß doch die Kinder«, hat sie gesagt, »du bist eine richtige Tante. Denen passiert schon nichts.«
Mit meiner Mutter soll man sich auskennen. Normalerweise würde sie längst schreiend herumrennen.
Dann sind wir unter einem Baum gesessen, und die Mutter hat ununterbrochen erzählt.

Ich kann mir gar nicht vorstellen, daß meine Mutter einmal ein Kind gewesen ist, obwohl ich von Photographien weiß, wie sie ausgesehen hat: Pausbäckig mit einem Pferdeschwanz. Eine Rüschenschürze, weiße Socken und weiße Schuhe. Wenn das alles stimmt, was sie erzählt, hat sie eine schöne Kindheit gehabt, jedenfalls eine bessere als ich. Wahrscheinlich übertreibt sie auch. Sie übertreibt gerne. Trotzdem hör ich die Geschichten gerne, besonders die mit ihrer Schwester.

Ihre Schwester war ein schönes Kind und sanftmütig dazu, ihre Schürzchen blieben lange weiß und auch die Strümpfe und Schuhe. Sie hat nicht mit sich streiten lassen. Meine Mutter war das Gegenteil, wild und streitsüchtig. Ihre Schwester hat gern Bücher angeschaut und später gelesen. Hätte man sie nicht gesehen, dann wäre sie nicht dagewesen. Meine Mutter ist auf Bäume geklettert und hat ihr Schürzchen dabei zerfetzt, sie hat dem Bären ihrer Schwester den Bauch aufgeschlitzt und es dann weggelogen. In die Wolldecke gesäbelt und es dann weggelogen. Das Zellophan der Einmachgläser durchlöchert, die Blätter von den Pflanzen gezupft und gelogen, gelogen.
Ihre sanftmütige Schwester hat sie immer in Schutz genommen. Hat man meine Mutter ins Klo gesperrt, so hat sie ihre Schwester mit der Leiter befreit.
Meine Mutter war wütend, weil man mit ihrer Schwester einfach nicht streiten konnte, und da hat sie sie mit Herbstzeitlosen eingerieben. Nachher hat sie Angst gehabt, daß die Schwester daran sterben könnte. Als zu den beiden Mädchen noch ein Bub dazugeboren wurde, wollten meine Mutter und ihre Schwester, daß es ein Mädchen ist. Sie haben ihm eine Goldpapierkrone angezogen und mit ihm Prinzessin gespielt. Einmal hat der Bruder eine Tollkirsche verspeist. Aber er lebt heute noch, und eigentlich ist es mein Lieblingsonkel, er arbeitet in einer Druckerei und ist großzügig mit dem Geld.
Wenn ich heirate, dann jedenfalls keinen Geizhals. Mein Zweitvater ist irgendwie ein Geizhals und irgendwie kein Geizhals. Mit sich selber ist er großzügig, vor allem was die alkoholischen Getränke anlangt. Er hat ja auch oft einen Rausch gehabt. Aber wenn meine Mutter

sich einmal einen Pullover aus Wolle gekauft hat, dann ist ihm das wie ein Luxus vorgekommen. Und er hat von ihr zu einem Freund gesagt, sie sei ein Luxusweibchen. So ein Witz! Sein Freund, der Gummibaumbrunzer, hat es immer mit Gift gehabt, und er wollte auch gern, daß meine Mutter von seiner Giftzigarette ein paarmal kräftig zieht. An ihrem Geburtstag hat sie ein paarmal kräftig gezogen, und dann ist sie auf einmal unter dem Tisch gelegen.

Also, froh bin ich nur, daß diese Zeit vorbei ist. Meine Mutter hat in ihrer Kindheit sicher nicht so ein Chaos erlebt, wie wir es mit dem Zweitvater und seinen Freunden gehabt haben. Mich hat immer geärgert, daß sich die Mutter da nicht herausgehalten hat, manchmal hat sie sich sogar beteiligt an den Festen. Und am Morgen mußten der Moritz und ich erst unseren Frühstückstisch von den Stinkflaschen freimachen, das hat dann auch so gestunken, daß wir ohne zu essen in die Schule sind. Der Michael hat gottseidank geschlafen wie ein Stein. Das war sein Glück. Er ist so um zehn herum aufgestanden und hat Funkstreife gespielt. Dabei hat er noch eingetrocknete, aufgebogene Wurst- und Eierbrote vom Vorabend verspeist. Moritz und ich haben fast immer zu Mittag Leberkäse gegessen und Bluna dazu getrunken. Mein Zweitvater und seine Freunde und manchmal auch die Mutter haben zu Mittag noch gepennt. Leberkäs und Bluna kann einem mit der Zeit ganz schön zum Hals heraushängen.

Ich hab meine Mutter bei ihren schönen Kindergeschichten an die Zeit mit dem Zweitvater erinnert, aber sie findet nur, daß ich übertreibe, und sie sagt, ich soll aufpassen, daß ich mir nicht so ein tantenhaftes Benehmen aneigne.

Alla und der Michael sind mit ihren Wurmschachteln unter dem Arm über den Hügel gerannt. Sie wollten zum Arthur, damit er ihnen die gefundenen Tiere benennt.

»Das da«, hat meine Mutter gesagt, »ist eine Kaulquappe, das weiß ich auch, und das ist ein kurzstieliger Enzian, keine Pflanze, die unter Naturschutz steht.«

Alla hat gesagt: »Aber die Pflanze greift sich so komisch an, die hat winzige Härchen, wie ein Tier...«

Ich hab Arthur ein Käsbrot und eine Coca Cola gebracht und ihn gefragt, wie er sich fühlt.

»Wie einer aus der Nachkriegsgeneration«, hat er gesagt. Der Arthur kann einfach nicht abschalten.

»Denkst du pausenlos an deine Arbeit?« hab ich ihn gefragt.

Ich hab nach Moritz und Angela Ausschau gehalten. Auf der Bank ist die Angela nicht mehr gelegen, und deshalb der Moritz auch nicht über ihr.

Hier gibt es so viel Gebüsch, daß einem jedes Suchen zwecklos erscheint. Ob die keinen Hunger haben?

»Ob die keinen Hunger haben, der Moritz und die Angela?« hab ich meine Mutter gefragt.

Meine Mutter war so in Gedanken an ihre Kindheit versunken, daß sie überhaupt nicht reagiert hat. Aber das Alleine-an-früher-Denken war ihr doch zu wenig, und so wollte sie mich als Zuhörer.

Ich muß ja zugeben, alle ihre Geschichten sind wirklich nicht ohne.

Die Geschichte von der Erstkommunion ist wirklich lustig und klingt wie rein erfunden. Aber meine Mut-

ter sagt, sie könne mir zum Beweis eine Schwarzweißphotographie zeigen, und ich könne auch ihre Schwester, meine Tante, befragen.
Ihre brave Schwester, meine Tante, arbeitet in einem Krankenhaus, sie hat zwei männliche Zwillinge, die in meinem Alter sind, mich aber anöden.
Und schon erzählt sie die Geschichte von der Erstkommunion:
Es sieht so aus, als habe die Schwester meiner Mutter nicht nur den Herrn Jesus als Bräutigam, wie es sich gehört, sondern noch einen Buben mit Namen Günther, und deshalb sieht das so aus, weil die beiden bei ihrer Erstkommunion nur zu zweit sind. Eine große Zeremonie für zwei Kinder! Die Schwester meiner Mutter hat sehr feierlich ausgesehen und sich wahrhaftig wie eine Braut gefühlt. Sie hatte auch einen zünftigen Schleier. Der Bub mit Namen Günther ist später ein Geistlicher geworden in einer Bergbauerngemeinde.
Und dann die Geschichte mit den Flüchtlingen aus Ungarn:
Beim Ungarnaufstand zerstreuten sich Flüchtlinge auf der ganzen Welt. So kamen einige von ihnen auch auf die Tschengla in das Heim für Kriegsopferversehrte. Die meisten trugen blaue, ausgeleierte Trainingsanzüge, die sie von irgendeiner Organisation geschenkt bekommen hatten. Es waren zum Großteil mittelalte Menschen, mit Ausnahme einer sehr jungen schönen Frau und vier Kindern. Die Kinder waren elternlos und überhaupt nicht schüchtern. Ein ungarisches Mädchen hat der Hadwig, der Puppe meiner Mutter, ein Bein ausgerissen. Wenn Essenszeit war, versammelten sich die Flüchtlinge im Speisesaal. Sie hatten einen sagenhaften Appetit und waren überhaupt nicht heikel. Meine

Mutter weiß, was Fleisch auf ungarisch heißt. Auch kann sie ungarisch bis neunundzwanzig zählen. Was dreißig heißt, hat sie vergessen, und deshalb kann sie es nicht mehr weiter. Im Speisesaal war an der Tür ein großes Blatt angeheftet, dort konnten die Flüchtlinge aufschreiben, an was ihnen noch mangelte. Meine Mutter hat gesehen, wie die schöne junge Frau mit einem blauen Kuli hingeschrieben hat: *Büstenhalter*. Die meisten Flüchtlinge sind nach Australien ausgewandert.
Und erst die Geschichte mit dem Invaliden:
Ein besonders dicker Invalide hat sich beim Vater meiner Mutter eingeschmeichelt und ein Interesse für die Biologie und Chemie an den Tag gelegt. Der Vater meiner Mutter hat sich darüber gefreut, weil er endlich loslegen konnte mit dem, was er in seinem Kopf hatte. Er hat den Invaliden in das flache Haus mitgenommen, in dem der Vater meiner Mutter hobbyweise seine Chemieversuche unternahm. Der Invalide wollte gern sehen, wie sich eine rote Flüssigkeit in eine gelbe umwandelt. Eines schönen Tages wollte der Vater meiner Mutter einer Frau unter T »Thrombose« nachschlagen, und da hat er gemerkt, daß die gesamte Fachliteratur nicht mehr da war. Der Vater meiner Mutter gehört zu den zurückhaltenden Menschen, und deshalb war es für ihn eine große Schwierigkeit, den Dingen auf die Spur zu kommen. Aber irgendein anderer Invalide hat gesehen, wie der besonders dicke Invalide wahnsinnig umständlich einen großen Kartoffelsack in den Lerchenwald hinaufgeschleift hat. Man ist ihm auf die Schliche gekommen. Er hat ein Loch in die Erde gegraben und die Fachliteratur dort versteckt. Der Vater meiner Mutter hat in dieser Handlung gar keinen Sinn erkennen können.

Und jetzt die Geschichte mit den zwei Hörnern:
Einmal war es für meine Mutter und die Schwester meiner Mutter allerhöchste Zeit, in die Schule zu gehen. Deshalb sind beide, so schnell es nur gehen kann, gerannt, und beim ersten Bildstock, in dem der Muttergottes gehuldigt wird, ist meine Mutter das erste Mal auf das Gesicht gefallen und hat davon ein großes Horn bekommen. Die sanftmütige Schwester meiner Mutter hat noch mehr geweint als meine Mutter, und dann zum Unglück ist meine Mutter das zweite Mal auf das Gesicht gefallen, und zwar beim zweiten Bildstock, in dem ebenfalls der Muttergottes zusammen mit dem Jesuskind gehuldigt wird. Und wieder hat sie ein großes Horn bekommen. Die Schwester meiner Mutter war sich ganz sicher, daß es sich hier um ein Himmelszeichen handelt.
Und dann eine traurige Geschichte:
Eine Frau aus dem Dorf hat viel im Garten gearbeitet und am halbfertigen Haus. Sie hat fünf Kinder gehabt. Mit der Hygiene hat sie es nicht so genau nehmen können, weil noch gar kein Warmwasser da war. Sie hat von der Gartenarbeit am Finger eine Entzündung bekommen, die immer schlimmer geworden ist, und dann ist sie am Wundstarrkrampf gestorben. Auf der Beerdigung hat man klassenweise die Kinder hingeführt, und meine Mutter hat gehört, wie der Mann der Frau mit den fünf Kindern um sich gerufen hat, auch noch lange, als das Grab schon zugeschaufelt war: »Marile kumm ussa. Marile kumm ussa.«
Daß mir ihre Geschichten übertrieben vorkommen, hat meine Mutter überhaupt nicht gewundert. Sie hat das ganz normal gefunden, bei ihr war es nämlich

genau gleich: Wenn ihre Mutter von früher erzählt hat, war das für sie genauso unvorstellbar.
Dann wollt ich noch gern eine Geschichte von meiner Großmutter hören:
Meine Großmutter war das dritte von sieben Kindern. Ihre Eltern haben eine kleine Landwirtschaft gehabt, aber zu den armen Leuten gehört. Meine Urgroßmutter ist nach dem siebten Kind mit fünfunddreißig Jahren gestorben. Sie hat drei Gedichte geschrieben, die sich reimen. Zwei Jahre später ist der Urgroßvater vom Blitz erschlagen worden, da mußte das älteste Mädchen für die Familie sorgen. Sie hatten viel Hunger, und deshalb hat einmal der älteste Sohn auf der Alpe ein großes Käserad gestohlen und hat es zum Haus gerollt, als es dunkel war. Der zweitjüngste Sohn hat das Fleisch besorgt. Er konnte mit der Flinte gut umgehen, und deshalb zog es der Förster vor, zu Hause zu bleiben, wenn der zweitjüngste Sohn wild auf die Jagd gegangen ist. Darum ist er eingesperrt worden.
Und danach die Geschichte von der Freundin der Großtante:
Die Freundin meiner Großtante hat ein Kindlein erwartet von einem Dahergelaufenen, und weil sie sich so vor dem Vater und den Leuten gefürchtet hat, hat sie sich bis zur Geburt ganz eng geschnürt, damit keiner es sehen konnte. Als das Kindlein dann geboren wurde, und es war ein Mädchen, hat die verzweifelte Frau es in ein Tuch eingewickelt und in die Jauchegrube geworfen. Daraufhin hat sie Stimmen gehabt, und deshalb ist sie jetzt noch als siebzigjährige Frau im Narrenhaus.
Und die Geschichte von der Urgroßmutter geht so:
Sie war eine übermütige Person und hat es nicht mit der Traurigkeit gehabt. Schön war sie anzuschauen. Das hat

auch der Bauer bemerkt, bei dem sie als Magd für Stall und Haus eingestellt war. Er hat ihr ein Kind gemacht – meinen Großvater –, und dann hat er sie weggeschickt. Sie hat den Bub mit ihrer blinden Schwester zusammen in einem Getreidehaus, in dem eigentlich nur Futter aufbewahrt wurde, und das nur ein Fenster hatte, großgezogen, und der Pfarrer hat die jungen Frauen gefördert, mit der Auflage, daß der Bub einmal ein Pfarrer wird. Das war meiner Urgroßmutter schon recht.
Sie hätte gerne einen Mann gehabt, wie es ordentlich war, und ihm die Wirtschaft gemacht, aber mit dem ledigen Kind war sie nicht mehr für das Sakrament geeignet. Weil sie aber die Männer gerngehabt hat, ist manchmal einer durch das einzige Fenster gekommen. Es hat dann geheißen, sie sei mannstoll.
Die Geschichte meiner Großtante ist die allerwahnsinnigste:
Sie war ein schwarzhaariges Mädchen, schön gerade nicht, aber elend rassig. Sie hat eine Arbeit als Haushälterin gehabt und einen Verlobten, der zwar kein großes Licht war, aber einen Anstand hatte. Dann hat sich mein späterer Großonkel bei einer Gipfelmesse in sie verschaut, sie jedoch hat nichts von ihm wissen wollen. Und dann auf einmal hat sie den zweiten genommen, und das haben ihre Schwestern nie verstanden. Der war nämlich grob und zum Fürchten, und Respekt vor den Frauen hat er überhaupt keinen gehabt. Später hat sie einmal meiner Großmutter im Vertrauen gesagt: Er hat mir gesagt, wenn ich ihn nicht heirate, bringt er mich um. Und er hätte sie auch umgebracht.
Später hat es meine Großtante doch verstanden, sich durchzusetzen und ihm den Meister zu zeigen. Er war zwar immer noch laut, aber im großen und ganzen hat

sie gesagt, wie der Hase läuft. Und einmal, schon als alter Mann, hat er einen fürchterlichen Rausch gehabt, da hat er gesagt: Wenn die Elsa nicht mehr wäre, würde ich auf den See fahren und nie mehr zurückkommen.
Und welcher Frau war meine Mutter ähnlich?
Der Mannstollen im Getreidehaus? Immerhin hat meine Mutter schon den dritten Mann und außerturlich hat sie noch andere gehabt, einen mit Kartentricks, und der Gummibaumbrunzer hat sie doch auch verehrt. Ich kenn mich da nicht aus. Mir jedenfalls tät ein Mann reichen. Ich möchte drei Kinder haben und bin gespannt, wie sie es finden, wenn ich ihnen meine Geschichten erzähle.
Ich meine, harmlos sind die auch nicht:
Mein Zweitvater und meine schwangere Mutter sind zusammen mit dem Gummibaumbrunzer nach Indien gefahren. Den Michael haben sie verstellt, zu irgendwelchen Leuten, die ich gar nicht kenne. Moritz und ich waren bei der Aquarienfischtante.
Kurz vor dem Geburtstermin sind sie zurückgekommen. Mein Zweitvater hat einen Ausschlag im Gesicht und an den Oberarmen gehabt. Meine Mutter in einem indischen Gewand hab ich kaum wiedererkannt. Sie hat so einen dicken Bauch gehabt, daß ich mir gedacht hab, vier sind da mindestens drin. Zwei Tage nach ihrer Ankunft hat sie ein Mädchen zur Welt gebracht, und bald darauf ist es gestorben an einer Krankheit mit Fieber und Bläschen im Gesicht. Ganz kurz im Schaukasten hab ich es gesehen und dann nie mehr. Im Sarg wollte ich es nicht anschauen, mit den Bläschen im Gesicht, dann hätt ich nur immer daran denken müssen.

»Denkst du manchmal an das tote Kind«, hab ich meine Mutter gefragt? »Hat es eigentlich nie einen Namen gehabt?«
»Du weißt doch«, hat meine Mutter gesagt«, daß wir es nicht mehr getauft haben.«
»Warum eigentlich nicht? Das ist doch sicher üblich, was schreibt man denn sonst auf das Grabkreuz?«
»Du kannst einem Fragen stellen«, hat meine Mutter nur gesagt.

»Was habt ihr da gegessen?« fragt die Alla, die mit Michael hergerannt ist.
»Nichts.«
»Aber ihr habt doch den Mund bewegt!«
»Die Mutter hat nur wieder mal ihre Geschichten erzählt.«
»Ich weiß auch eine Geschichte von meiner Mutter«, sagt die Alla: »Einmal hat meine Mutter am See ein blaues Badetuch gefunden, das hat ganz wahnsinnig nach Herrenparfum geduftet. Das blaue Badetuch hat dann meine Mutter zu einer Männergruppe getragen und es dem Schönsten geschenkt. Einmal waren wir am Meer mit meinem Vater, aber das war nicht toll, weil der immer an meiner Mutter herumgemeckert hat, wegen der grauen Unterhosen, die weiß gehören. Das hat meine Mutter gekränkt, und da ist sie am Abend besoffen nach Hause gekommen und hat mit dem Fuß die Tür von dem Hotelzimmer aufgestoßen. Sie hat gekichert, und dann hat sie sich auf den Tisch gesetzt, alle herhören, hat sie gesagt, ein Ereignis, und hat einen Furz gelassen. Das hat meinem Vater zu denken gegeben. Und meine Mutter hat noch erzählt, daß sie mit ihrer Freundin zusammen immer Zielbiseln in schmale Vasen geübt hat.«

»Wie soll denn das gehen, bei Mädchen«, hab ich gefragt. »Das ist ja die Kunst«, hat die Alla gesagt.
Der Michael ist auf dem Boden gesessen, die Hände in seiner Wurmschachtel vergraben.
»Und du, Michael«, hab ich gesagt, »erzählst du auch eine Geschichte?«
»Keine Lust. Die Alla ist mir hundert Schilling schuldig, weil ich eine übergroße Kapuzinerschnecke verschluckt hab. Jetzt will sie sich drücken. Die muß sie mir aber geben. Oder? Die muß sie mir geben. Kann ich ein Käsbrot haben?«
»Ich hab gesehen«, hat die Alla gesagt, »wie die Angela den Moritz abgeküßt hat.«
Da ist meine Mutter hellhörig geworden. »Wo sind die überhaupt«, hat sie gefragt.
»Ich kann sie holen, wenn du willst«, hat die Alla gesagt.
Sofort hat meine Mutter den Arthur bei der Arbeit gestört. Ich hab gesehen, wie er nichts hören wollte. Er hat sich die Ohren zugehalten. Meine Mutter hat ihn von seinem Platz weggeschleppt. Jetzt sind wir alle wie eine Abordnung am Hügelende gestanden und haben den Moritz und die Angela erwartet.
Mein Drittvater war stocksauer.
»Wir sind am Geschichtenerzählen«, hab ich gesagt, »erzählst du auch eine Geschichte?«
»Ich schreibe eine Geschichte«, hat Arthur gesagt, »und das reicht mir schon.«
»Ich hab vier Würmer«, hat Michael gesagt, »kann ich die in mein Zimmer nehmen, die sind anspruchslos. Der Grashüpfer ist mir leider entwischt. Ich hab noch drei unbekannte Käfer. Arthur, sagst du mir dann, wie die heißen und was sie brauchen?«

Wie zwei Schulkinder sind Moritz und Angela hinter der Alla hergegangen, beide einen Meter voneinander entfernt.
»Was ist?« hat Moritz gesagt. »Gibts was zum Hacken? Ich hab einen Hunger.«
Die Mutter hat die beiden nur wortlos angesehen und in die Luft gesagt: »Jetzt wollen wir alle zusammenbleiben, wenn das geht.«
»Wir sind am Geschichtenerzählen«, hab ich zur Angela gesagt. »Erzählst du auch eine Geschichte?«
»Wenn du willst«, hat sie gesagt. »Ganz allein für dich: Ich habe einen Freund, der Konrad heißt, und der hat einmal mich und die Bella zum Heidelbeeressen mitgenommen. Der Konrad ist ein gutaussehender Mann, und die Bella hat sich schnurstracks in ihn verliebt.«
So ein Schwein. Ich hab gemerkt, wie ich rot im Gesicht werde.
»Ist das wahr«, hat meine Mutter gefragt.
»Nein, natürlich nicht«, hat die Angela gesagt, »war nur ein Spaß.«
So eine Gemeinheit! Jetzt hat sie den Moritz auch noch und muß trotzdem so giftig sein. Sie liebt den Moritz überhaupt nicht, das ist mir klar. Sie will mich nur fertigmachen. Ganz verklärt sieht sie der Moritz an. Armer Moritz, dem werden schon noch die Augen aufgehen! Aber den Spaß will ich mir trotzdem nicht verderben lassen. Mein Bauch ist ganz heiß.
»Mama, mein Bauch glüht«, hab ich gesagt, »ich glaub, ich krieg einen Sonnenbrand«. Und zum Moritz:
»Wir sind am Geschichtenerzählen. Erzählst du auch eine Geschichte?«
»Manchmal«, hat der Moritz gesagt, ganz sanftmütig, »kommst du mir vor wie eine Fünfjährige.« Und weil er

gemerkt hat, daß mir das Wasser in die Augen steigt, hat er gesagt: »Also gut. Erinnerst du dich noch an den Erich?«
Und ob ich mich erinnere. Der Erich war ein Freund meiner Mutter, viel jünger als sie. Der Moritz hat ihn verehrt, weil er viele Kartentricks kannte.
»Also«, hat der Moritz erzählt, »einmal hat der Erich einen Freund zur Mutter mitgebracht, und beide haben Karten gespielt, bis sie mit dem Schminken fertig war. Dann war die Mutter fertig, und sie wollten nicht aufhören. Die Mutter war zornig und ist allein weggegangen. Die zwei haben so geschickt gespielt, und ich hab fasziniert zugesehen. Ich wollte so gern mitspielen, hab mich aber nicht fragen getraut. Da hat der Erich gesagt: Du kannst mitspielen, unter einer Bedingung: Wenn du einen Fehler machst, mußt du unter den Tisch, und das so lange, bis einer von uns einen Fehler macht. Ich war einverstanden. Ich hab natürlich gleich einen Fehler gemacht und mußte unter den Tisch. Zwei Stunden war ich sicher unten und hab mich nichts zu sagen getraut. Die Mutter ist gekommen und war erstaunt: Kann mir einer erklären, was der Bub unter dem Tisch macht? hat sie gesagt.«
»Das hätt ich mir nicht bieten lassen«, hat die Angela gesagt.
Das hätte sie sich sicher bieten lassen, wenn sie den Erich gekannt hätte. Der war nämlich gar kein Spaßvogel.
Ich mag den Moritz sehr. Und das war doch wirklich anständig, daß er die Geschichte erzählt hat. Das hat er nur für mich getan. Ich kann nur hoffen, daß er einmal eine anständige Frau bekommt. Langweilig

soll sie auch nicht sein, nur ja nicht so wie die Angela.
Das mit der Angela wird auch nicht lange dauern, das spür ich.
Ich weiß auch nicht, warum ich auf einmal so wild auf Geschichten war. Von jedem weiß ich eine, von der Angela keine richtige, aber die gehört ja nicht zu uns, vom Michael kann ich keine erwarten, das versteh ich schon. Nur der Arthur hat nichts erzählt. Trotzdem weiß ich eine Geschichte von ihm: Die Blaue-Pullovergeschichte.
Ich bin meinem Drittvater nachgerannt, er war nämlich schon wieder auf dem Weg zu seinem Arbeitsplatz.
»Ich weiß aber trotzdem eine Geschichte von dir«, hab ich gesagt. »Nämlich die Blaue-Pullovergeschichte.«
Ich wollte mich so gern ein bißchen zu ihm setzen, war mir aber nicht sicher, ob er es wollte.
»Ich meine«, hab ich gesagt, »wenn ich mich ganz leise neben dich setze, macht dir das etwas aus, Papa?«
Papa, hab ich gesagt, das mag er gern.
Es war ihm schon recht. Ich hab ihm meinen roten Bauch gezeigt und gefragt, ob er leicht Sonnenbrand bekommt. Ich hab es auf einmal wahnsinnig spannend gefunden und mir die Aufgabe gestellt, ihm, ohne daß er es merkt, eine Geschichte zu entlocken.
»Hast du in deinem Leben schon einen Sonnenbrand gehabt«, hab ich ihn gefragt.
»Nein«, hat er gesagt. »Ich lege mich nicht in die Sonne. Ich vertrage das nicht.«
»Aber als Kind«, hab ich gesagt, »da bist du doch sicher an der Sonne gewesen, alle Kinder sind an der Sonne.«
»Als Kind schon«, hat er gesagt.
»Und wo?« hab ich gefragt.
»Bei mir zu Hause.«

»Wo, bei dir zu Hause?« hab ich gefragt.
»In Graz.«
»Hauptstadt von der Steiermark. Hast du denn in Graz gewohnt?«
»Ja, mit meinen Eltern.«
»Und deine Geschwister?«
»Ich hab keine Geschwister.«
»Mit wem hast du dann gespielt als Kind?«
»Mit meiner Schildkröte.«
»Was, nur mit einem Tier?« hab ich gefragt. »Waren denn da keine anderen Kinder?«
»Nein. Nur kinderlose Ehepaare.«
»Und wars dir dann nicht elend fad?«
»Manchmal schon.«
»Ach, ist das traurig! Was hast du denn sonst noch gemacht, ich meine, ohne deine Schildkröte?«
Auf einmal hat der Arthur gelacht, mich auf seinen Schoß gesetzt und gesagt, daß ich wirklich schlau bin. Aber er sei auch schlau, hat er gesagt, und er habe gleich gemerkt, daß ich ihm eine Geschichte entlocken wolle. Da hab ich auch gelacht. Beide haben wir gelacht, und wie! Und dann wollte mir der Arthur freiwillig eine Geschichte erzählen. Er war ganz frohgemut. Und das hab ich zustande gebracht! Schön ist die Welt, hab ich gedacht!
»Komm, Arthur«, hab ich gebettelt,» erzähl mir, wie du die Mutter kennengelernt hast.«
»Nein«, hat Arthur gesagt, »ich erzähl dir eine richtige Geschichte.«
»Aber das ist doch auch eine richtige Geschichte. Was geschehen ist, ist Geschichte.«
»Du bist ja entsetzlich gescheit«, hat Arthur gesagt, »aber paß auf, gleich fängt es an: Eigenschlegl liegt in

Oberösterreich, nahe an der tschechischen Grenze. Dort war ich einmal in den Ferien bei irgendeinem Onkel, der alt war, schlecht hörte und immer sein Hörgerät verlegt hat. Ja, und dort waren eigentlich auch keine Kinder. So bin ich immer allein herumstrawanzt und habe alles ausgenast, in Fenster hineingeschaut, in Wirtshäuser den Kopf gesteckt, und eines Tages gehe ich ganz gemütlich auf dem Nachhauseweg, und weil ich faul bin, nehme ich eine Abkürzung. Und das ist jetzt die reine Wahrheit: An einem großen Eichenbaum hängt ein Mann, den Kopf in der Schlinge. Er hat sich erhängt. Ich renne, was ich kann, zu meinem Onkel, und weil der schlecht hört, versteht er nicht, was ich ihm aufgeregt sagen will. Er denkt, ich möchte vielleicht Schokolade, und er geht in seine Schlafkammer, holt eine Tafel mit Nuß, gibt sie mir und schickt mich ins Bett.«
»Mein Gott«, hab ich gesagt, »hat der Mann das aus Liebeskummer getan?«
»Ich weiß es nicht.«
»Oder vielleicht, weil er so viel Schulden gehabt hat?«
»Ich weiß es nicht.«
»Warum soll ers dann sonst getan haben?« hab ich gesagt.
Und Arthur hat noch erzählt, daß früher Selbstmörder gar nicht im Friedhof begraben werden durften.
Sich zu töten, war nämlich ein Verbrechen. Meistens hat man die Selbstmörder außerhalb der Friedhofsmauer beerdigt.
»Erst haben sie im Leben nichts«, hab ich gesagt, »und nicht einmal im Tod. Naja, es kann ja sein, daß er vielleicht in den Himmel gekommen ist, was meinst du, Papa?«

Da hat der Arthur nichts gesagt, ich glaube, daß er gar nichts glaubt.

»Weil du mir so etwas Großes erzählt hast«, hab ich gesagt, »deshalb erzähle ich dir auch etwas, das niemand weiß außer mir: Ich war einmal im Winter in Salzburg bei der Großmutter, und weil die so fromm ist, sind wir jeden Tag zur Kirche gegangen. Das war ein eisiger Winter, und deshalb hat die Großmutter im Dorf dicke Wollstrümpfe für mich gekauft und aus Flanellstoff ein Strumpfleibchen genäht, darauf ist gestanden: *Gute Nacht mein Kind, der Abend war heute so schön.* Die Großmutter hat mir gezeigt, wie man sorgfältig das Unterhemd bis zum Strumpfende zieht, damit es wie eine Strumpfhose wird. Darüber ist noch eine normale Unterhose und eine Wollhose gekommen und dann erst der graue Faltenrock. Einmal vor dem Kirchgang hab ich wieder sorgfältig das Hemd zum Strumpfende gezogen. Wir waren spät dran, und die Großmutter hat mich zur Eile ermahnt. In der Kirche hab ich dann gemerkt, wie es fürchterlich kalt vom Boden auf meinen Po gezogen hat. Ich hab nämlich vergessen, die Unterhose anzuziehen.«

Der Bus war inwendig ganz heiß, und mein Bauch hat gebrannt. Angela und Moritz haben sich eng aneinandergeschmiegt, und die Mutter hat es auf einmal furchtbar eilig gehabt.

Die Angela hat im Wohnzimmer übernachtet, und ich hab nicht schlafen können, weil ich mir vorgestellt hab, daß sie in der Nacht in das Zimmer vom Moritz schleichen wird. Es hat mir keine Ruhe gelassen, und ich bin nachschauen gegangen. Sie ist ganz friedlich auf dem Sofa gelegen und hat wie eine Schlafende geatmet.

Im Zimmer vom Moritz hat Licht gebrannt. Moritz hat geschlafen. Michael, der das Zimmer mit ihm teilt, ist auf seinem Bett gesessen und hat mit einem Auto gespielt. Die Wurmschachtel lag auf seinem Bettende.
»Kannst denn nicht schlafen, Michael?« hab ich gefragt.
»Ich werde die kleine Katze Magulin nennen«, hat er gesagt.
»Wer ist Magulin?«
»Das ist mein Freund, der wohnt hinter der Hosenscheißerbrücke.«
»Wo?«
»Im Hosenscheißerhaus.«
»Warum heißt das so?«
»Weiß ich nicht. Funkstreife, kommen! Funkstreife, kommen!«
»Komm, gib mir das Auto und leg dich hin«, hab ich gesagt. »Mach die Augen zu. Mach die Augen zu. Mach die Augen zu.« Ich wollte ihn hypnotisieren, könnte ja sein, daß ich eine Gabe dazu habe. Gabe dazu habe. Gabe dazu habe.
Michael wollte nicht schlafen.
»Braucht der Arthur das Blitzgerät?« hat er gefragt.
»Wieso?«
»Die Batterie ist leer. Ich hab gestern die Schnur abgeschnitten.«
»Was hast du?«
»Die Schnur, ritsch, ratsch.«
»Das kannst du doch nicht machen!« Ich hab mir auf einmal gedacht, der Michael denkt sich, daß ihn der Arthur nicht ausstehen kann.

»Der Arthur hat dich sehr lieb, Michael.«
»Kannst du das Blitzgerät reparieren?«
»Ich kann doch eine abgeschnittene Schnur nicht wieder hinzaubern.«
»Nein? Laß mich in Ruhe! Ich kann dich mit dem Hammer zusammenschlagen! Die Katze kommt jetzt auch nicht mehr herein.«
Ich hab mir gedacht: Typisch Halbschlaf. Ich hab den Michael ganz sanft gestreichelt, aber das hat nichts genützt. Ich schenk ihm die Katze, und dann kann er ihr den komischen Namen geben.
»Wie soll die kleine Katze heißen?« hab ich gefragt.
»*Magulin.*«
»Ich schenk sie dir, du kannst sie umtaufen, und sie gehört dir ganz allein. Magst du?«
»Und gehst du mit auf den Friedhof zum Taufen?«
»Wieso auf den Friedhof?«
»Die Alla hat gesagt, auf dem Friedhof muß man taufen. Da gibt es Gießkannen und Weihwasser.«
»Hast du schon einmal getauft?«
»Ich nicht, aber die Alla.«
»Was hat sie denn getauft?«
»Ihr Fahrrad.«

Moritz und Angela waren ein Herz und eine Seele. Der Mutter hat das überhaupt nicht gepaßt, aber es hat sie getröstet, daß in zwei Tagen Frau Agostini mit ihrem Freund wieder zurückkommt. Dann haben wir die Angela wieder los.
Mich hat die Mutter ziemlich zur Arbeit eingeteilt, und das war ungerecht. Die Angela wollte sie nicht einspannen, und der Moritz ist ja ein Mannsbild, und der muß keine Weiberarbeit verrichten.
Sonst tut meine Mutter immer so aufgeschlossen, aber in der Rollenaufteilung hat sich bei ihr nichts geändert. Wenn Arthur sich an der Hausarbeit beteiligt, dann tut er das von sich aus. Ich hab manchmal das Gefühl, daß die Mutter gerne allein herumwurschtelt, nur damit sie auch nachher allein erschöpft ist und stöhnen kann. Also, ich möchte das später anders machen.

Die Mutter hat mich auf den Markt geschickt, und als ich, vollbeladen mit Krautköpfen, Blumenkohl und Eissalat, auf dem Rückweg war, ist mir der Konrad in seinem schwarzen VW entgegengekommen. Er hat gesagt, daß er schon über eine halbe Stunde auf mich warte. Ich bin erschrocken. Warum wartet der über eine halbe Stunde auf mich? Dann hat er sich nach der Angela erkundigt und mich gebeten, ihr etwas zu geben. Ein kleines, viereckiges Paket hat er mir in die Hand gedrückt, und für mich hat er einen Fünfziger bereitgelegt. »Wieso einen Fünfziger für mich«, hab ich gesagt, »ich nehm kein Geld.«

Zu Hause hat sich die Angela mit dem viereckigen Paket geziert und gesagt, daß sie es nicht aufmachen wird, weil der Konrad sie anödet. Ich hab aber genau gewußt,

daß sie es öffnen wird, sie hätt es doch sonst vor Neugierde gar nicht ausgehalten. Und ist der Inhalt schön und gut, hab ich mir gedacht, wird sie sich wieder mit dem Konrad abgeben. Ich muß ehrlich zugeben, daß ich selber auch neugierig war, und leider hat es den Anschein gehabt, als würde sie das viereckige Paket wirklich nicht so bald öffnen.
Dann hat sie auf einmal gesagt, daß sie es auf die Post gebracht hat. »Er soll es wieder zurückhaben, er kann es ja dann dir schenken.« Ich hab schon gewußt, daß das gelogen war. Sie hat nämlich plötzlich Ohrringe angehabt, die wirklich sehr schön waren. Ganz zart wie Gold.
»Wo hast du denn die Ohrringe her?« hab ich gefragt. »Die sind mir neu.«
»Ach, die Ohrringe«, hat sie gesagt, »die sind von meiner Mutter, die sind uralt.«
Die Angela lügt wie gedruckt. »Lügen kannst du«, hab ich zu ihr gesagt, »es könnt einem grad schlecht werden.«
»Lügen, ich wieso, bist du jetzt übergeschnappt«, hat sie scheinheilig gesagt.
»Ich weiß genau, daß die Ohrringe das Geschenk vom Konrad sind. Er hat mir nämlich gesagt, daß in dem Paket Ohrringe sind, und er hofft, hat er gesagt, daß sie deinem Geschmack entsprechen.«

Ich hab mir die ganze Zeit überlegt, ob es nicht richtig wär, dem Moritz alles zu erzählen, bevor es zu spät ist. Aber würde er mir denn glauben? Er würde sicher sagen, daß ich nur eifersüchtig bin, weil ich niemand hab, und wie steh ich dann da?

Am Nachmittag wollten Angela und Moritz zum Schwimmen gehen.
Die Mutter hat die Alla herbestellt und sie informiert, mit dem Michael zusammen als Aufsicht mitzugehen. Die Alla würde die beiden sicher nicht aus den Augen lassen.
Moritz hat die Mutter natürlich durchschaut und gesagt, daß er das ganz hinterhältig findet, und sie soll sich bloß nicht wundern. Wo kein Vertrauen auf der einen Seite, wie soll dann, bitteschön, Vertrauen auf der anderen Seite bestehen?
»Ich will doch nur dein Bestes«, hat die Mutter zu ihm gesagt, »und du weißt doch auch, wie wichtig du mir bist.«
»Blabla«, hat der Moritz gemurrt, und dann war er auch noch grantig, weil seine knappe, enge Badehose nicht zu finden war. »Mit der Badehose vom Arthur sehe ich ja wie eine Witzfigur aus.«
Angela besitzt einen kleinen Bikini mit Lurexfäden, grünschillernd. Sie sieht wirklich phantastisch aus, hab ich mir gedacht, schade, daß ihr die Dummheit nicht im Gesicht geschrieben steht.

Am späten Nachmittag hab ich gesehen, wie der schwarze VW vom Konrad zweimal um unser Haus gekurvt ist. Der wartet sicher auf die Angela, hab ich mir gedacht. Aber so wird er sie nie abfangen, die kommen nämlich normal nicht auf der Autostraße. Wenn sie, wie üblich, durch den Friedhof und gleich zum Hintereingang hineingehen, bekommt er sie niemals zu Gesicht. Da kann er alt und grau werden.
»Was siehst du denn dauernd aus dem Fenster?« hat die Mutter gefragt. »Erwartest du jemand? Ich hab dir ja

gleich gesagt, daß du dich so allein langweilen wirst. Warum wolltest du auch nicht zum Baden mitgehen? Jetzt tut es dir leid, was?«
»Tut mir nicht leid.«
Da ist er schon wieder. Der wartet eine Weile, sieht wahrscheinlich auf die Uhr und dreht eine neue Runde. Das muß einem ja auffallen. Wenn dem bloß nicht einfällt, bei uns zu läuten!

Moritz und Angela mit Alla und Michael sind zurück. Alla ist gleich zu meiner Mutter gerannt und mit einer Tafel Schokolade zurückgekommen. Sie wird ihre Schnüffelpflicht gut erledigt haben. Konrad kurvt in Abständen immer noch ums Haus. Bald wird ihn die Angela bemerken.
»Wie lange kurvt dein Freund denn schon hier herum?« hat sie mich gefragt.
»Mein Freund, spinnst du jetzt«, hab ich gesagt. »Ich will mit dem nichts zu tun haben.«
»Aber du magst ihn doch«.
»Du willst nur wieder alles verwischen«, hab ich gesagt, »und gut bei der Sache aussteigen, aber nicht mit mir, hörst du? Wenn ich dich wäre, würd ich ihn abfangen und ihm sagen, daß er das gefälligst lassen soll. Oder trefft euch von mir aus hinter der Friedhofsmauer. Und wenn du weiter noch so saublöd daherredest, informier ich deine Mutter.«
»Das willst du tun«, hat die Angela spöttisch gesagt. »Du steckst doch selber mit drin.«

Angela hat sich umgezogen, ein weißes Kleid, damit man sehen kann, wie schön braun sie ist. Sie hat sich die Haare gebürstet und laut dabei gezählt. 100 Bürstenstri-

che. Dann hat sie sich noch im Gesicht aufgemöbelt und am Schluß hab ich mir gedacht: Ich seh nicht recht. Mit Schminke sieht sie viel erwachsener aus. Das Lippenrot ist mir übertrieben vorgekommen. Mir ist eingefallen, daß die Buben vom Gymnasium von ihr sagen: Sie ist ein geiles Weib. Und wie das stimmt.
»Wie dumm von dir«, hab ich zu ihr gesagt, »du willst ihn wegschicken und siehst so aus? Wenn er dich so sieht, kann er doch nur angemacht sein. Also ich, wenn ich dich wäre, würde ihm so unansehnlich wie möglich eine Abfuhr erteilen. Das ist doch viel leichter. Für ihn, meine ich.«
»Du redest von Dingen, die du nicht verstehst«, hat sie gesagt.
Wenn der arme Moritz das wüßte! Er ist in seinem Zimmer gewesen und hat Michaels Omnibus repariert. Gottseidank ist da kein Fenster zur Straße hinaus.
Ich hab der Angela nachgesehen. Das ist nicht übertrieben: Sie hat sich bewegt wie eine Hure. Wie sich Huren bewegen, weiß ich deshalb, weil an der Straße, wo Arthur immer die Hamburger holt, wenn bei uns zu Hause das Essen in die Hose gegangen ist, dort ist der Straßenstrich. Er ist zwar verboten, aber niemand kümmert sich darum.
Die Angela hat an der Straße gewartet, und da ist der Konrad auch schon vorgefahren. Sie ist gleich eingestiegen, und schon war der schwarze VW weg.
»Wo ist denn die Angela«, hat der Moritz gefragt.
»Weiß nicht«, hab ich gesagt. »Aber sie wird schon bald kommen. Wir essen ja gleich.«

Die Mutter hat das Abendessen verteilt, und es hat heiße Suppe gegeben.

»Warum heiße Suppe bei der Hitze?«
»Hat sich der Arthur gewünscht«, hat die Mutter gesagt.
Wir waren schon bald fertig, da ist die Angela erschienen.
Zuerst ist sie ins Klo, sicher, um die Schminke abzuwischen. Keiner hat gefragt, warum sie erst jetzt kommt.
Der Moritz hat sie angehimmelt und ihr mit dem Finger auf den Oberarm getupft.

Manchmal wundere ich mich, daß dem Michael vor nichts graust. Er kann das Innere einer Brotschnitte so lange kneten, bis es schwarz wird, darauf herumkauen und dann genüßlich hinunterschlucken. Wenn ihm die Alla ihre Schauergeschichten erzählt, hört er ihr hingebungsvoll zu, und selbstvergessen bohrt er in der Nase und verspeist den Nasendreck.
Aus der Wurmschachtel stinkt es, und der Moritz regt sich auf.
»Entweder die Wurmschachtel oder ich«, hat der Michael panisch gesagt, als er gemerkt hat, wie Moritz sie vernichten wollte. Die Tränen laufen ihm über sein Gesicht, und er tut, als geht es um sein Leben. Da läßt ihm der Moritz natürlich die Schachtel, rät ihm aber, das Gras zu erneuern und vielleicht die toten Würmer durch lebendige zu ersetzen. Sein Magulin, mein früherer Hector, folgt ihm auf Schritt und Tritt, eher wie ein Hund als wie eine Katze. Magulin hat seine Schlafstelle unter Michaels Bett, und wenn Moritz vergißt, die Zimmertüre offenzulassen, scheißt Magulin in ein Eck. Im Zimmer vom Moritz riecht es ordentlich nach Katzenscheiße, da nützt auch das viele Lüften nicht. An solchen Dingen, denk ich mir, merkt man, daß der Moritz ein gutes Herz hat, und deshalb verehrt ihn auch der Michael.

Wundern tut mich nur, daß die Mutter sich nicht darüber aufregt. Wenn sie nicht vom Putzfimmel befallen ist, regt sie das überhaupt nicht auf. Zur Zeit ist sie sehr locker, was die Ordnung betrifft. Ich muß mich direkt wundern. Der Wäschehaufen wird immer größer. Gestern hab ich meine enge Hose mit ein paar anderen Sachen in die Waschmaschine geschmissen. Es hat nicht geschleudert, und da hab ich das Fluselsieb entfernt. Ich bin gerade in der Küche am Brotschmieren, und ich denk, ich träume. Auf einmal tropft nämlich Wasser auf meinen Kopf. Ich bin ins Bad gerannt, und da hab ich schon im Flur die Überschwemmung gesehen. Moritz ist gemütlich in der Badewanne gelegen und hat sich aufgeregt, daß ich ihn beim Lesen störe.
Knöchelhoch ist das Wasser im Bad gestanden, und er hat auf Empfehlung von unserem Drittvater *Lolita* gelesen.
Meine Mutter ist aus der Stadt zurückgekommen, ein Lied auf den Lippen. »Ein Lied auf den Lippen«, wie das klingt. Die Mutter war fidel und hat sich überhaupt nicht aufgeregt. Sie hat ihre roten Gummistiefel aus dem Schuhkasten geholt und einen Stapel sauberer Handtücher zum Wassersaugen auf den Boden gelegt. Es war aber so naß, daß das nicht viel gebracht hat. Da hat sie einfach den übervollen Korb mit der Schmutzwäsche auf die Überschwemmung gelegt. So hat das Tropfen aufgehört. Ich kann mich nur mehr wundern.
Der Arthur ist bös erschrocken über den Sauhaufen. »Was ist denn in dich gefahren«, hat er zu meiner Mutter gesagt.
Sie hat eine Halbtagsstelle angenommen als Telephonistin, aber das kann doch nicht der Grund sein. Macht sie das glücklich? Mir wäre es viel lieber, wenn sie zu Hause

sein könnte, und es zu Mittag etwas Gescheites zum Essen gäbe.
»Jetzt fängt das Fertigpackleben wieder an«, hat der Moritz gemeckert. Der hält nämlich viel von ordentlichen Mahlzeiten.
Achgott, da kann ich sicher lange warten, bis es wieder ein selbstgemachtes Kartoffelpüree gibt.
Wie heißt das Reh mit Vornamen?
Kartoffelpü.

Am Samstagabend sind Frau Agostini und Achim zurückgekehrt. Außer Moritz sind wir alle froh, daß die Angela jetzt wieder bei ihrer Mutter wohnt. Michael hat das nicht berührt, er und die Angela haben sich sowieso kaum bemerkt. Moritz war wirklich niedergeschlagen, er ist in sein Zimmer und hat sich eingeschlossen. Da hat die Mutter das Bett für Michael auf dem Sofa zurechtgemacht. Ein Gefühl hat sie schon, das muß man ihr lassen. Magulin hat sich vor die Wurmschachtel unter den Eßtisch gesetzt.
Frau Agostini hat wie ein Buch erzählt, und das war man alles andere als gewohnt von ihr. Sie hat wirklich sehr gut ausgesehen. Richtig frisch. Achim hat nicht viel geredet. Angela wollte gleich gehen, hat ihren Stuhl dicht neben den von Achim gerückt und ihren Kopf an seine Schulter gelehnt.
Dort, wo die beiden auf Urlaub waren, muß alles bestens gewesen sein, das Essen, das Wetter, das Meer, »nicht wahr Schatz«, hat Frau Agostini nach jedem Satz gemeint und den Achim dabei angesehen.
Wenn das nur gut geht, mit dem Achim, hab ich mir vor dem Einschlafen gedacht, und daß ich ein Gespür hab, hat sich wiederholt bewahrheitet.

Am Montag fängt die Schule wieder an. Michael kommt in die erste Klasse. Angela will sicher wieder zu mir in die Bank sitzen, und alles, was sie will, bekommt sie, außer wir bekommen eine Lehrerin als Klassenvorstand. Die Frauen haben es nicht mit der Angela.
Michael hat sich auf seinen neuen Schulranzen gleich eine Kulizeichnung von der Alla einritzen lassen. Ein Phantasietier, das Gift spuckt. Die Vorlage muß ein Drache gewesen sein. Er hat auch gleich seine Füllfeder gegen Allas Draculamaske eingetauscht. Die Mutter ist sehr vorsichtig mit dem Michael. Sie will ihn nicht kränken, und deshalb hat sie gleich eine neue Füllfeder gekauft und stillschweigend in seine Federmappe gesteckt. Das finde ich aber auch nicht richtig. Das kann man ihm doch vernünftig erklären. Aber ich hab ja nichts zu vermelden.

Moritz kommt in die 4. Gymnasiumsklasse. Er hat dem Arthur erklärt, daß er später Geschichte studieren will. Er hat so vernünftig von der Zukunft gesprochen, daß mir angst und bange geworden ist. Dem Arthur ist das auch schleierhaft vorgekommen. So geredet hat er nur, weil er im Hinterkopf fix die Angela gehabt hat. Sicher denkt er schon, wie viele Kinder sie haben werden undsoweiter. Das ist doch ein Wahnsinn!

Angela ist wie eine Fee in die Schulmesse geschwebt. Ein bißchen zu spät, damit man sie ja sieht. Ihr Kleid war hellblau mit Rüschen am Saum, sie war barfuß und muß am Vorabend ihre Haare mit der Brennschere bearbeitet haben. Alle haben sich natürlich umgedreht, und der Pfarrer ist aus dem Text gekommen.
Später hat man uns die Lehrer vorgestellt, es waren alle

dieselben, bis auf einen neuen Geschichtelehrer, der jung war und irgendwie kühn ausgesehen hat. Prompt hat auch gleich die Angela gesagt, wie süß er ist, und als sie an ihm vorbeigeschwebt ist, hat sie die Augen auf- und niedergeschlagen, und der Geschichtslehrer hat irgendwie spöttisch gesagt, ob denn hier Theater stattfindet.
Das hat mich gefreut, das will ich schon zugeben. Das hat auch gezeigt, daß der neue Geschichtelehrer einen Verstand besitzt.
Nach der Schule hat Moritz schon auf die Angela gewartet, frisch gekämmt. Mir gefällt er gut in seinem dunkelblauen Anzug, er sieht nach etwas aus. Die Angela in ihrem Feengewand hat nur geziert »hallo« gerufen und die Hand feierlich hin- und herbewegt.
Ich hoffe nur, daß der Moritz bemerkt hat, wie lächerlich das ist.
Aber der arme Moritz war deprimiert, und deprimiert hat er sich in sein Zimmer eingeschlossen.
Es ist zum Kotzen, daß die Mutter gerade jetzt mit einer Arbeit anfängt, jetzt, wo sie so dringend benötigt wird!
Ich hab, wie von ihr aufgetragen, das Essen warmgestellt, abgeschmeckt, aufgedeckt. Moritz wollte überhaupt nicht essen. Michael ist gleich um 10 nach der Schule zur Alla. Wo sich die beiden wieder herumtreiben?
Arthur hat gearbeitet und wollte gleich kommen. Gleich kann eine Stunde dauern.

Ich hab zum Fenster hinausgestiert, und da ist wieder der Konrad gekurvt. Ich hab mir über die Augen gewischt, weil ich mir gedacht hab, kann ja sein, daß ich schon phantasiere.

»Der arme Moritz«, hab ich zu Arthur gesagt, »dem geht es ganz miserabel.«
»Ja«, hat mein Drittvater gesagt, »den hats ordentlich erwischt. Aber glaub mir, Bella, der erste Liebeskummer ist etwas Schönes.«
»Schön kann ich das nicht finden.«
»Jetzt natürlich nicht«, hat Arthur gesagt, »aber später, wenn man sich daran erinnert. Ein Schmerz kann süß sein.«
»Was für ein ausgemachter Blödsinn«, hab ich gesagt. Ich hab mir überlegt, ob ich dem Arthur nicht einfach mein Herz ausschütten soll. Wer der Konrad ist, und daß der immer auf der Lauer liegt. Daß mir das nicht geheuer ist. Und daß er, mein Drittvater, es dem Konrad doch wirklich verbieten soll.
Ich hab nicht gewußt, wie anfangen, und deshalb hab ich es ganz bleiben lassen. Dem Arthur hat das Essen geschmeckt. Er hat Wein getrunken und war lustig.
»Es ist zum Kotzen«, hab ich gesagt, »daß die Mutter gerade jetzt mit einer Arbeit anfängt, jetzt, wo sie so dringend benötigt wird!«
Daß ich das verstehen müsse, hat Arthur gesagt. »Die Mutter braucht eine Abwechslung«, und ich solle ihr doch die Freude lassen. Lang, so denke er sich, würde sie das sowieso nicht machen.
»Ist sonst noch was«, hat er gefragt, »ich meine außer mit Moritz?«
Arthur hat schon das dritte Weinglas leer getrunken.

»Wenn du magst«, hat er gesagt, »erzähle ich dir, wie ich die Mutter kennengelernt habe. Das ist nämlich wirklich eine komische Geschichte.
Ich war in einem Supermarkt, und als Junggeselle habe ich mich nur von Konserven ernährt. Ich stehe an der Kassa, vor mir eine Frau, die bei der Endrechnung merkt, daß sie zuwenig Geld mithat. Sie schusselt ganz fürchterlich herum – du kennst das ja an ihr –, will dann mittendrin irgendwelche Kniestrümpfe und ein Honigglas zurücktragen, und weil das noch zu wenig ist, eine Kantwurst. Da fällt ihr das Honigglas auf den Boden. Du kannst dir vorstellen, wie zäh das ist. Die Kassiererin ist hysterisch geworden, deine Mutter hat geweint. Und dann bin ich, der große Retter, ganz lässig zu ihr hingetreten, hab ihr mit meinem Anzugärmel den Honig vom Kleid gewischt, für sie den Rest bezahlt und sie dann auf den Parkplatz geführt. Sie hat sich alles gefallen lassen. Wir waren ganz eng aneinander, buchstäblich aneinandergeklebt von dem Honig. Sie ist wie ein verstörtes Kind mit kleinen Schritten neben mir hergetapst. Keine Ahnung hat sie gehabt, wo ihr Auto geparkt war. Es hat auch keinen Sinn gehabt, groß zu suchen. Es war nämlich Freitagabendverkauf, und der Parkplatz war total überfüllt. Ich hab deine Mutter mit meinen Konserven und ihren Sachen in mein Auto gepackt, und dann sind wir erst eine halbe Stunde auf dem Parkplatz gestanden, bis sich deine Mutter wieder halbwegs gefangen hatte. Sie wollte wieder anfangen, ihr Auto zu suchen, da bin ich einfach losgefahren, zu mir nach Hause. Ich hab ihr einen Schnaps eingeflößt undsoweiter ... undsofort.«
»Was undsoweiterundsofort?« hab ich gefragt.
»Das andere weißt du ja«, hat Arthur gesagt. »Deine

Mutter hat versucht, endlich die Scheidung hinter sich zu bringen, und dann haben wir geheiratet.«
»Und warum haben wir dich vorher nie zu Gesicht bekommen?« hab ich gefragt.
»Deine Mutter wollte erst alles erledigt haben, und solange der Zweitvater noch bei euch gewohnt hat, war es auch nicht ratsam, sich vorzustellen.«
»Das stimmt«, hab ich gesagt. »Wenn ich mir denke, wie umständlich das war, den endlich loszuwerden. Du hast ja keine Ahnung, wie anstrengend der sich aufgeführt hat. Er wollte die Mutter nicht hergeben, jedenfalls hat er das behauptet. Der hat sich aufgeführt, sag ich dir, wie ein Kind. Geschrien und geheult und zur Verstärkung noch den Gummibaumbrunzer geholt. Als er gemerkt hat, daß alles nichts nützt, hat er sich aus dem Staub gemacht. Aber vorher hat er der Mutter noch ihr Lieblingskleid zerschnitten. Der war zum Schluß nicht mehr ganz dicht, wenn du mich fragst. Aber weißt du, was ich nie verstanden hab? Warum die Mutter den Michael ihm überlassen hat. Er ist ja dann nach einer Woche wiedergekommen, mit einem jungen Schäferhund, ganz selbstverständlich, und wollte, daß ich dem Michael eine Kappe aus dem oberen Fach hole. Ich hab gar nicht überrissen, was das bedeutet. Warum bloß hat die Mutter nicht mehr um den Michael gekämpft, der wollte auch gar nicht mit.«
»Jetzt ist er dafür bei uns, und ich glaube auch nicht, daß ihn dein Zweitvater wieder zurückhaben will«, hat Arthur gesagt. »Das erste Mal hat er ihn doch nur geholt, um die Mutter zu kränken, und sie war im Nachteil, weil ja sie die Scheidung verlangt hat.«
»Da war ich froh«, hab ich gesagt und aufgeatmet. »Nur sollte ihn die Mutter normaler behandeln. Das merkt

man doch ganz offensichtlich, daß sie noch ein schlechtes Gewissen hat von damals, und deshalb schimpft sie auch nie mit ihm.«
»Es gibt Dinge«, sagt mein Drittvater, »die erst unverständlich, mit der Zeit aber ganz klar sind.« Er redet oft in Rätseln.
Ich wollte auch noch gern wissen, wo er und die Mutter dann hingereist sind. Die Mutter hat sich damals doch so fein gemacht.
»Die James-Bond-Frau«, hab ich gesagt, »die hat doch wirklich ausgesprochen toll ausgesehen, was sagst du, als ob sie aus einem Comic gesprungen wär.«
Arthur war mit seinen Gedanken schon wieder weg, und so hab ich ihn in Ruhe gelassen, den Tisch abgeräumt, die Schmutzteller unter Fließwasser gehalten und die Balkontür zum Lüften geöffnet. Ich wollte nachsehen, wo der Michael ist. Sein Schulranzen lag neben der Wurmkiste, Magulin schnarchte auf seinem Kopfpolster. Moritz lag unter seiner Schlafdecke und stellte sich schlafend. Trotzdem hab ich laut gesagt: »Ich geh jetzt und such unseren Michael.«

An der Kreuzung ist schon wieder der Konrad in seinem schwarzen VW gestanden. Deshalb bin ich hintenherum, durch den Friedhof. Und dann, kurz vor dem Ausgang, bin ich so erschrocken, daß ich mir gedacht hab, auf der Stelle werde ich ohnmächtig: Da steht der Konrad vor mir. Er hat ein steifes Gesicht und sagt zu mir ganz scheinheilig: »Schön, Bella, daß ich dich wieder einmal treffe.« Ich wollts gern sagen, daß ich ihn schon eine Woche lang beobachte, wie er so herumschleicht, und daß ich das meinem Vater sagen will. Kein Wort hab ich herausgebracht. Meine Knie haben

gezittert. Ich hab nach links und rechts geschaut und mir überlegt, ob ich vor- oder zurückrennen soll.
Der Konrad hat gesagt: »Wir könnten doch zusammen etwas unternehmen, was du möchtest.« Und er wollte auch meine Hand halten.
Ganz schnell hab ich gesagt: »Die Angela wohnt bei ihrer Mutter, wo das ist, wissen Sie doch. Gehen Sie doch einfach zu ihr.«
»Die Angela«, hat der Konrad gesagt, »die gehört nicht zu der Sorte von Mädchen, die ich mag, die Angela ist mir zu oberflächlich, aber du gefällst mir.«
Ich weiß auch nicht wie, aber auf einmal hab ich gesagt: »Ich weiß, daß Sie ein Lehrer sind, und«, und weiter wollte ich noch sagen, daß mein Vater in seine Schule gehen wird und dem Direktor von ihm...
Konrad hat mich gleich unterbrochen.
»Ich weiß, daß du das nicht tun wirst. Du bist ein liebes Mädchen und hast ein gutes Herz.«
Ich hab ihn angestarrt, mich blitzschnell umgedreht und bin wie eine Vergiftete total panisch vor Angst nach Hause gerannt.

Heilige Muttergottes, Vater unser, der du bist im Himmel, Gegrüßet seist du, Maria, Ehre sei dem Vater und dem Sohne und dem heiligen Geist ... ich bin auf mein Bett gelegen und hab so geheult, daß es mich geschüttelt hat.

Ich muß es dem Arthur sagen. Wie soll ich bloß anfangen? Und dann kommt heraus, daß ich schon einmal mit ihm weg war. Warum ist denn die Mutter nicht da? Warum ist die bloß weg. Scheißescheiße, was soll ich bloß tun? Ob ich mit dem Moritz rede? Geht auch nicht. Vielleicht sollte ich versuchen, meinen richtigen Vater zu erreichen. Der hat mich gern. Der hilft mir. Geht auch nicht. Dann kommt er zu uns ins Haus, und schon gibt es wieder einen Wirbel, und die Mutter dreht durch.
Ich muß es dem Arthur sagen. Ich warte, bis er aufhört, auf seiner Schreibmaschine zu tippen, dann gehe ich zu ihm hinein und sage...
Ich sage: Papa, ich sag dir etwas, wenn du es der Mama nicht sagst. Weil sich die Mama nur aufregen würde. Da ist ein Mann, ein Lehrer von Beruf, er hat einen schwarzen VW und verfolgt mich. Erst hat er ein Auge auf die Angela gehabt und jetzt auf mich...
Dann wird der Arthur mich fragen. Ich muß ihm alles erzählen. Dann kommt heraus, wo die Angela in der Woche gewesen ist. Dann veranlaßt die Frau Agostini, da bin ich mir sicher, daß der Konrad ins Gefängnis kommt. Dann sitzt er im Gefängnis und weiß natürlich ganz genau, wem er das zu verdanken hat. Er schwört Rache. Dann wird er entlassen. Er paßt mich am Friedhof ab und bringt mich um.
Ich weiß auch nicht wie, ich bin zum Arthur gerannt, hab mich an seinen Hals geworfen und geweint und gedacht, ich hör nicht mehr auf mit dem Weinen, dann wird alles gut.
Der Arthur hat mich getröstet, er hat gar nichts gefragt.
»Ich hab Angst«, hab ich gesagt. »Papa, ich hab Angst.

Da ist nämlich ein Mann, der wartet auf mich und will mich einladen.«
»Und wovor hast du da Angst?« hat Arthur gefragt.
»Du brauchst ja nicht mitzugehen. Sagst einfach: Keine Lust. Dann wird er dich nicht mehr belästigen. Und wenn, dann gehen wir einmal zusammen zu ihm und reden ihm ins Gewissen.«
»Aber ich weiß doch gar nicht seinen Wohnsitz, und den Namen der Schule weiß ich auch nicht.«
»Woher weißt du überhaupt, daß das ein Lehrer ist«, hat der Arthur gefragt.
»Weil, weil, ja weil er so aussieht wie ein Lehrer.«
»Ich glaube, mein Schatz«, hat der Arthur gesagt und mich gestreichelt, »da ist wieder einmal die Phantasie mit dir durchgegangen.«
Das Gespräch ist beendet, aber geklärt ist nichts. Überhaupt nichts.

Und wie es der Teufel so will, hat sich keine Gelegenheit mehr geboten, den Arthur auf den schwarzen VW aufmerksam zu machen. Eine ganze Woche bin ich halbe Tage am Fenster geklebt und hab hinausgestarrt. Den Friedhof habe ich gemieden.
Aber die Angst bin ich nicht losgeworden, mitten unterm Gehen hab ich mich blitzschnell umgedreht, weil ich mir eingebildet hab, der Konrad ist hinter mir. Bald werd ich überschnappen und ins Narrenhaus kommen. Sind eigentlich Kinder auch im Narrenhaus?

Moritz hat mir einen Brief für die Angela mitgegeben. Nach Hause wollte er ihr nicht schreiben. Es hätte ja sein können, daß die Frau Agostini den Brief in die Hand bekommt.
Ich hab mir lange überlegt, was ich tun soll. Wüßt ich, daß er in dem Brief Schluß mit ihr macht, hätte ich ihn gerne übergeben. Ich hab den Brief ans Licht gehalten, unter die Lampe, aber natürlich nichts entziffern können. Ich hab ein Wasser aufgestellt und unter Dampf das Kuvert geöffnet. Dann bin ich aufs Klo und hab mich eingeschlossen.
Ist das unrecht von mir? Das ist doch nicht unrecht. Ich will doch nur das Beste für den Moritz. Ich will doch nicht, daß er sich unglücklich macht!

Meine Hände haben schon gezittert.
Da ist gestanden, und zwar in Schönschrift:

Meine liebste Angela,
so lange habe ich nichts von Dir gehört, und das raubt mir den Schlaf. Tag und Nacht denke ich nur an Dich. Sicher ist es so, daß Dich Deine Mutter nicht aus dem Haus läßt und den Kontakt mit mir verbietet. Ich erwarte Dich heute nachmittag hinter der Totenkapelle. Kannst Du nicht kommen, ist es Dir vielleicht möglich, der Bella eine Nachricht zu hinterlassen. Auf die Bella kannst Du Dich verlassen. Die ist zuverlässig und würde uns niemals verraten. Sollte dies Dir aber ebensowenig möglich sein, so erwarte ich Dich morgen zur selben Zeit, 16.00 Uhr hinter der Totenkapelle. Und das dann die ganze Woche. Da wird sicher ein Tag dabei sein, an dem Du Dich freimachen kannst, und wenn es auch nur für eine Minute ist. Solltest Du aber niemals

erscheinen, so nehme ich an, daß Du mich von Anfang an belogen hast. Und Deine Liebe eine Lüge war. Dann werde ich mich zurückziehen.

Ich denke an Dich   Dein Dich liebender
                                                      Moritz.

Das ist ein dicker Hund! Ich zerschnipfle den Brief und spüle dreimal kräftig. Da gehört er hin. Später einmal, wenn wir beide älter sind, erzähl ich ihm davon, dann hat er sicher schon eine liebenswerte Freundin, und dann wird er mich verstehen und mir dankbar sein.

16 Uhr, jeden Tag, eine Woche lang, und Moritz hinter der Totenkapelle.
Ich hab Schweißausbrüche. Einmal fragt er mich, ob ich den Brief wirklich, ehrenwort der Angela übergeben habe. Ganz schnell sag ich: »Ja. Ja klar, was denkst du dir denn.«
Und einmal sagt er zu mir: »Schwörs mir bei dem Leben von der Mutter.«
Ich schwöre bei dem Leben von der Mutter. Das ist doch Aberglaube. Die Mutter hat ihren Arthur, und der paßt besser auf sie auf als Hunderte mit Heiligenscheinen. Hoffentlich ist das nicht unrecht von mir.

Die Woche ist überstanden. Moritz ist schmal im Gesicht und sehr blaß. Die Mutter sorgt sich. Sie will, daß er Lebertran einnimmt.
Die Angela hat mich gefragt: »Vermißt mich dein Bruder denn gar nicht?«
»Nein, wirklich nicht«, hab ich gesagt, »der hat doch auch seinen Stolz. Der hat doch gemerkt, daß du ihn bloß auf den Arm nimmst.«

»Aber er liebt mich«, hat sie triumphierend gesagt.
»Deine Einbildung möcht ich haben, bloß weil dein Gesicht ebenmäßig ist, deine Haare glänzen, und deine Füße gerade sind, bildest du dir weißgott was ein!«
»Mir kanns recht sein«, hat sie gesagt, »ich hab ja meinen Achim. Und der ist verrückt nach mir.«
»Du bist wirklich das Letzte. An deine Mutter denkst du wohl überhaupt nicht. Du wirst einmal tief fallen!«
»Du wirst einmal tief fallen«, hat gestern in einem Spielfilm ein Mann zu einer leichtlebigen Frau gesagt. Und die ist dann in der Gosse gelandet, und getötet hat man sie auch. Ihr Gesicht war so zugerichtet, daß niemand gewußt hat, wer sie eigentlich war. Auf ihrem Kreuz ist gestanden: *Unbekannt*.

Ich bin mit meinem Drittvater zu Fuß in die Stadt. Ich mußte im Buchladen meine Lehrbücher abholen, und Arthur geht jeden zweiten Tag wegen der Neuerscheinungen dorthin. Dabei haben sie nie Neuerscheinungen. Die sind nämlich hinter dem Mond. Arthur weiß das auch. Er schmökert gerne.
Auf dem Nachhauseweg habe ich vor der Post den schwarzen VW gesehen. Er war leer.
»Das ist das Auto«, hab ich zum Arthur gesagt.
»Was denn für ein Auto?«
»Das von dem Mann, von dem ich dir erzählt hab.«
»Daß der ein Auto hat, hast du nicht erzählt«, hat Arthur gesagt.
»Aber trotzdem. Bitte, Papa«, hab ich gebettelt.
»Schreib die Nummer auf. Wenn man die Nummer hat, kann man sich doch nach seinem Namen erkundigen. Auf der Behörde, glaube ich. Und dann kannst du ihm

einen Brief schreiben, worin steht, daß er mich in Ruhe lassen soll, sonst würdest du dich mit seinem Direktor in Verbindung setzen. Und was das heißt, weiß er ja.«
»Wieso«, hat Arthur gefragt. »Hat er dich denn schon wieder belästigt, und warum hast du mir das nicht gesagt, du hast doch versprochen...«
»Ja, ja«, hab ich ganz schnell gesagt, »jeden Tag paßt er mich mit seinem Auto nach der Schule ab.«
»Wenn das wahr ist?«
Es war natürlich gelogen. Aber von mir aus war es nur eine Sicherheitsmaßnahme. Früher oder später würde er mir sicher wieder auflauern. Und wenn ihm mein Drittvater jetzt einen Brief schreibt, dann traut er sich das nicht mehr.

Ich hätt gerne gesehen, was in dem Brief gestanden ist.
Die Mutter weiß auch nichts.
Seit langem hab ich wieder gut geschlafen.

Jeden Tag freue ich mich auf den Geschichteunterricht. Leider ist er nur zweimal in der Woche.
Die Angela sagt, daß ich in den Lehrer verknallt bin und mein Interesse nur vorgebe, damit keiner draufkommt. Das ist nicht wahr. Magister Scalet gestaltet den Unterricht so lebendig, da muß man sich einfach interessieren. Er war lange Zeit in Lateinamerika. Er ist stark engagiert, und das gefällt mir besonders an ihm. Zur Zeit nehmen wir Mexiko durch.
Arthur findet, der wird nicht lange an der Schule sein, wenn er sich nicht nach dem Lehrplan richtet. Arthur findet, die Lehrer sind so eingeklemmt in den Lehrplan, daß sie überhaupt nicht dazukommen, eigene Ideen zu verwirklichen.
Mexiko hat einen Einparteienstaat. Es regiert die Revolutionspartei seit dem siegreichen *Zapata.* »Das könnt ihr euch gar nicht vorstellen, was das ist, so eine Präsidialdiktatur«, sagt Magister Scalet. Der alte Präsident hat sich zurückgezogen, erst war er arm und zum Schluß steinreich. So korrupt geht es da zu. Seit ungefähr einem Jahr regiert ein neuer Präsident und der wird kein Haar besser sein.
Damit wir uns ein Bild machen können, hat Magister Scalet eine Geschichte erzählt, die er selbst miterlebt hat: »Der Präsident höchstpersönlich kommt zu den Indios und fragt, was sie brauchen, was ihnen fehlt, und da sind Leute mit ihm, die schreiben die Wünsche der Indios auf Zettel und nehmen die Zettel auch mit, aber keiner der Wünsche geht in Erfüllung. Ein alter Mann steht auf. Er sagt: Gebt mir das Land wieder, ich bin bereit zu kämpfen, und er hebt seine geballte Faust. Ein anderer Mann schließt sich an und noch ein anderer. Einem wird in den Rücken geschossen, dem anderen ins

Gesicht, der dritte bekommt einen Fußtritt, so daß er auf die beiden Verletzten fällt. Der alte Mann stirbt. Der Präsident soll gewählt werden. Indios werden in Bussen abgeholt und in die nächste Stadt geschafft. Die meisten Indios wissen gar nicht, wie der Präsident heißt. Eine alte Frau hat auf ihrem Hut seinen Namen stehen. Sie kann nicht lesen und nicht schreiben. Der Präsident ist gewählt. Erst ist er arm, dann ist er reich...«
Am Nachmittag hat Magister Scalet die Schüler, die Interesse haben, zu einer Lateinamerika-Ausstellung nach Zürich eingeladen. Er hat einen Bus gemietet. Vier Buben sind mitgefahren, die Angela und ich. Die Angela fährt mit und hat nicht das geringste Interesse. Sie hat sich fein gemacht. Ein Minikleid mit Spaghettiträgern, wovon einer immer dann herunterrutscht, wenn sie neben Magister Scalet steht. Er bemerkt das gar nicht. Und je weniger er es bemerkt, um so aufreizender benimmt sie sich. Die vier Buben sind richtig aufgegeilt. Am Schluß bin ich die einzige, die neben dem Lehrer geht und ihm zuhört.
Es sind hauptsächlich alte Photographien ausgestellt, auf denen oftmals Zapata abgebildet ist. Kühn sieht der aus, und irgendwie gespreizt schaut er in die Kamera. Ein Bild geht mir nicht mehr aus dem Sinn: Für eine Photographie zurechtgemacht, stehen die Großmutter und die Mutter. Die Mutter hält ihr totes Kind im Arm, aber so, als lebte es. Und was mich so eigentümlich berührt, ist, daß die Frauen gar nicht traurig aussehen.
Angela und die vier Buben sind in einer Ecke gestanden, haben zu uns hergeschaut und blöd gegrinst. Scalet hat sich geärgert. Er ist hinüber, hat die Buben weggeholt, die weiter verlegen gegrinst haben, und die Angela ist

ganz allein im Eck gestanden. Dann ist Scalet noch einmal zu ihr hin, und ich hab mir gedacht, jetzt klebt er ihr eine, aber er hat nur kurz etwas zu ihr gesagt, und sie hat den Kopf gesenkt und geschmollt. Die ganze Heimfahrt hat die Kuh versaut. Scalet war so wütend, daß er gesagt hat, daß dies das erste- und letztemal gewesen sei, daß er in seiner Freizeit etwas für uns tun würde. Ich war ganz niedergeschlagen.
So sehr hab ich gehofft, daß er zu mir noch etwas sagen würde. Ich hab ihn doch wirklich nicht enttäuscht. Aber er ist wütend ausgestiegen, hat uns am Bahnhof die Tür aufgehalten und ist schnell weitergefahren.
Ich war total deprimiert. Die vier Buben wollten die Angela zum Eis einladen, und die hat blöd herumgeschäkert. Mich hat das auf einmal so angezipft, daß ich am liebsten wild um mich geschlagen hätte. Aber ich bin nur schnell nach Hause gerannt, durch den Friedhof, durch die Hintertür.
Die Mutter war noch gar nicht da, Michael hat Magulin gefoppt und Arthur hat gearbeitet. Ich bin gleich ins Bett.

Moritz hat kurz zu mir hereingeschaut und gefragt, wie es war. Ich hab nur gesagt: »Scheiße.« Er hat sein Turnzeug angehabt. Sicher geht er zum Handballtraining, und der Trainer holt ihn ab.
Jede freie Minute spielt Moritz Handball. Der Trainer ist begeistert, weil er so geschickt ist. Er will ihn in die Auswahlmannschaft bringen. Dann kann er in die Nationalmannschaft und später Profi werden. So ein Blödsinn, hab ich mir gedacht. Moritz macht das doch nur, damit er die Angela vergißt.
Ich hab einen komischen Traum gehabt: Ich wohne in

der Südtirolersiedlung, und Tante Elsa sagt zu mir, ich soll mein Bettzeug auslüften und dann in die Totenkapelle tragen und meine verstorbene Mutter damit zudecken. Ich will noch ein Nachthemd mitnehmen, aber alle meine Nachthemden sind schmal geschnitten. Ich nehme ein Flanellhemd – das größte – mit den Blumenranken. Niemals paßt meine tote Mutter in dieses Hemd. Ihr Bauch ist dick aufgeschwollen.
An den Schultern paßt es der Mutter, da ist sie schmal, aber weiter geht es nicht...
Schweißgebadet bin ich aufgewacht. Mir ist auf einmal eingefallen, daß ich auf das Leben der Mutter einen Schwur geleistet hab.
Ich bin aufgestanden, hab mir die Augen naßgemacht, mich im Bett aufgesetzt und ein *Fix und Foxi* gelesen. Alles Aberglaube.

Arthur hat wieder einmal recht gehabt. Nach vier Wochen ist der Mutter der Telephondienst leid.
»Da wird man ja blöd«, sagt sie. Sie will sich in eine andere Abteilung versetzen lassen. Am liebsten würde sie aufhören, das sagt sie natürlich nicht. Da ist sie zu stur.

Die Alla muß unbedingt einen Witz anbringen: »Ein Bub heißt Hose, sein Bruder Zipfel. Hose ist auf dem Dach und Zipfel im Haus. Die Mutter ruft: Hose runter, Zipfel raus.«
Arthur lacht am meisten.
»In meiner Klasse«, sagt die Alla, »ist ein Bub, der hat einen runden Ohrring, an den hängt er noch andere Ringe. Jetzt geht ihm alles bis auf die Schulter. Da sind zwei Polizisten in die Klasse gekommen und haben ihn mitgenommen. Der hat nämlich eine Kasse aufgebrochen. Zwei Tage war er weg, und dann ist er wiedergekommen. Einmal hat er mir erzählt, daß er aus dem Heim abgehauen ist über den Eichenberg. Ich hab ihm aber nicht geglaubt. Da hat er mir am nächsten Tag den Zettel von der Polizei gebracht.
In meine Klasse geht auch noch einer, und der ist so klein wie ein Kindergärtler, zu dem sagen wir: Professor Zwiebel.
Sein Kopf sieht nämlich wie eine Zwiebel aus. Einmal hat der Professor Zwiebel der Lehrerin erzählt, daß er einen Wellensittich besitzt. Und einmal, hat der Professor Zwiebel gesagt, hat sich ein Bein vom Wellensittich von seinem Körper losgelöst, es war nur mehr ein Hautfaden dran. So ist der Fuß dann in der Luft herumspaziert. Und einmal hat der Professor Zwiebel noch erzählt – er ist nämlich eine Stunde zu spät gekommen

und das war seine Ausrede –, daß er noch unbedingt in die Moschee in Kennelbach zum Beten hat gehen müssen.
Die Lehrerin hat das nicht geglaubt. Sie ist nachsichtig mit ihm, weil Professor Zwiebel nie mehr groß werden kann, seit seiner Kopfoperation.
Mir hat der Professor Zwiebel in der Pause noch erzählt, daß er dann unterm Beten in der Moschee herumgenast hat. Da hat man so einen Beutel herumgereicht, auf dem waren kleine Männlein abgebildet. Im Beutel war Kokin, und der Professor Zwiebel hat auch geschnupft.«
Alla will bei uns schlafen. »Bei euch ist es so sauber«, sagt sie »und ich hab eine Allergie gegen Staub, und bei uns zu Hause ist es staubig.«

Am nächsten Tag taucht der Gummibaumbrunzer auf, die Mutter ist schon im Büro, und ich sage zum Arthur: »Bleib ruhig in deinem Zimmer, das ist bloß der Gummibaumbrunzer.« Und zu ihm sag ich, daß mein Zweitvater in Italien ist. Ich hab auch die Adresse von der Pension in Riccione. Ich geb sie ihm und mach die Tür auf, damit er gleich wieder gehen kann.

Magister Scalet hat mir in der Pause das Plakat von der Photoausstellung geschenkt. Es war noch zusammengerollt, mit einem Gummi rundum.
»Laß es zusammengerollt«, hat er gesagt. Und dann ist er ins Lehrerzimmer.
In der Klasse haben sie mich gefragt, was ich da hab.
»Ein Fernrohr«, hab ich gesagt, »sieht doch ein Blinder, daß das ein Fernrohr ist.«
Ich hab das Plakat über meinem Bett aufgehängt.
Zwei Indios sind oben, ein größerer und ein kleinerer, beide haben einen Hut mit Bändern auf dem Kopf und viele Kleider übereinander an. Sie sehen mich richtig an.
Das Plakat ist braun.

Also ich hab keinen Sinn für die Literatur. In unserer Deutschstunde war heute vormittag eine Dichterin eingeladen. Sie hat Gedichte vorgetragen, und wir hätten aufpassen sollen, weil in der 2. Stunde von uns eine Beschreibung erwartet worden ist.
Ich hab schon aufgepaßt, obwohl das nicht leicht war. In den hinteren Bänken haben sich zwei Buben fast totgelacht. Die hat man dann auf den Gang hinausgeschickt. Ich hab mich gewundert, daß das die Dichterin nicht irritiert hat. Sie hat seelenruhig weitergelesen von ihren Kirschbäumen, von Engeln und dem Sommer. Ich kann mich beim besten Willen nicht mehr daran erinnern, was das eigentlich war.
Ich hab dann in der Beschreibung geschrieben: Beim besten Willen ist es mir nicht möglich, etwas von dem Vorgetragenen wiederzugeben. Die Sprache ist sicher schön. Aber irgendwie ist alles gleich. Ich finde es ungünstig, daß für unsere Altersgruppe ausgerechnet eine Lyrikerin eingeladen wird. Die Dichterin hat eine gepflegte Stimme, und mit der gepflegten Stimme hat sie schön und leise vorgetragen. Manchmal hat sie innegehalten, und da hab ich mir gedacht, es klingt fast so, als würde sie gleich zum Heulen anfangen.
Den letzten Satz hab ich weggestrichen.
Die anderen Schüler haben auch nicht viel mehr herausgebracht, und so ist das Ganze eigentlich in die Hose gegangen.

Manchmal sehe ich das Auto vom Konrad, und einmal hab ich ihn in der Apotheke getroffen. Vor Schreck hab ich das Kopfwehpulver für Arthur liegengelassen.

Ich hab ein Buch geklaut.
Ich meine, ich hab sonst noch nie etwas geklaut. Ich war schon dabei, als geklaut worden ist. Die Angela hat schon Lippenstift geklaut und so kleine Sachen, die gerade in die Handfläche passen. Aber wenn man sich vorstellt, wie groß so ein Buch ist! Es hat 307 Seiten. Es heißt *Roter Mond und Heiße Zeit*. Ich weiß auch nicht. Ich war in der Buchhandlung, und da hab ich dieses Buch gesehen. Es kostet hundertneunundvierzig Schilling. Das könnte ich nie bezahlen. Aber trotzdem. Das ist sicher das erste und das letzte Mal. Ich hab es einfach in die Hand genommen, unter den Arm gedrückt, und bin zum Geschäft hinausgegangen. Auf der Straße hab ich mir gedacht: Spinne ich? Ich spinne wirklich! Ich bin gerannt und hab mir gedacht, sicher haben die schon zu Hause angerufen und den Arthur verständigt. Der Arthur ist ja ein guter Kunde.
Ich hab das Buch gleich in mein Zimmer getragen und hinter den anderen Büchern versteckt.
Roter Mond ist ein schöner Afrikaner und *Heiße Zeit* nimmt er zur Frau. Er hat sie mit Rindern bezahlt. *Heiße Zeit* ist die dickste Frau weit und breit, und das ist dort etwas Besonderes, und deshalb ist *Heiße Zeit* eine besondere Frau.

Meine Mutter hat mir schon von diesem Buch erzählt. Es war das Lieblingsbuch ihrer Schwester.
Einmal hat man die beiden Mädchen in den Ferien nach Vaihingen geschickt. Das liegt in der Nähe von Stuttgart. Dort hat ein Freund meines Großvaters eine große Farm mit Pferden, Kühen, Schweinen und Hühnern und 200 Hektar Land. Die Pferde hat ein Türke betreut mit Namen Serafettim Erbayram. Damals waren Tür-

ken noch etwas Besonderes. Die Schwester meiner Mutter hat sich in ihn verliebt, sie war zwar erst dreizehn, aber es war ihr Ernst. Der Türke hat sie nämlich an *Roter Mond* erinnert, und weil die Schwester meiner Mutter gerade nicht dünn war, hat sie sicher gedacht: und ich bin die *Heiße Zeit*. Sie hat nie mit dem Türken gesprochen, ich glaube auch gar nicht, daß er Deutsch gekonnt hat. Sie hat sich immer am Spätnachmittag, wenn der Türke Feierabend hatte, unter sein Fenster gestellt, das offen war. Es war nämlich ein heißer Sommer, Serafettim Erbayram hat aus einem Transistorradio so orientalische Musik gehört, und *Heiße Zeit* hat sich sanft, aber kaum, dazu gewiegt.

Wie es in so einem großen Haus üblich ist, speist das Gesinde an einem extra Tisch, zwar im selben Raum, aber es muß ganz klar sein, wer hier der Herr und wer hier der Knecht ist. Das war jedenfalls die Ansicht des Farmers und seiner Frau. Meinen Großvater hat er im Krieg kennengelernt, damals war er noch arm und kein Farmer, und er hat eine hübsche Buchhändlerin zur Verlobten gehabt, die meinem Großvater auch gut gefallen hat. Von der Buchhändlerin hat mein Großvater noch die Art des Bucheinbindens übernommen. Der Farmer hat dann doch eine überreiche Frau geheiratet mit Namen Lieselotte, die wie ein Pferd ausgesehen hat und dazu noch böse war. Das hat er sich selber eingebrockt. Und noch im Krieg hat der Mann, der später ein Farmer geworden ist, zu meinem Großvater gesagt: »Solltest du einmal Kinder haben, so will ich sie gerne zu mir in die Ferien nehmen.« An das hat sich mein Großvater erinnert, und als meine Großmutter einmal sehr krank war, hat er von diesem Angebot Gebrauch gemacht und seine Älteste und seine Zweitälteste, also

die Schwester meiner Mutter und meine Mutter, auf die Farm zur Erholung geschickt. Meine Mutter erzählt, daß sie furchtbar Heimweh gehabt hat, nur ihr Heimweh war schrecklicher als das ihrer Schwester, ihre Schwester hat ja den *Roten Mond* gehabt.
Vor den Ferien, erzählt meine Mutter, sind ihr die langen Haare abgeschnitten worden, weil ihr Vater gefunden hat, daß es eine Zumutung ist, wenn jemand beim Kämmen so wehleidig ist und herumjammert, wie es meine Mutter getan hat. Sie hat mit dem Pferdeschwanz schon wie eine Chinesin ausgesehen und ohne Pferdeschwanz eigentlich auch. Das gibt es. Jetzt sieht meine Mutter ganz normal aus.
Meine Mutter ist in diesen Ferien einmal zum Weinholen in den Keller geschickt worden. Da ist ihr eine Weinflasche auf den Boden gefallen. Sie war so erschrocken und hat in ihrer Panik ein Hemd zum Aufputzen verwendet. Das Hemd hat dem Türken gehört, der hat es einmal ausgezogen, als er einen Rohrbruch repariert hat, obwohl er ja eigentlich nur für die Pferde zuständig war. »Aber reiche Leute sparen gerne an der richtigen Stelle«, sagt meine Mutter, und weil *Roter Mond* geschickt war, hat man ihn überall eingeteilt. Meine Mutter sagt auch: »Der Teufel scheißt immer auf denselben Haufen.« Meine Mutter hat das Hemd im Garten vergraben, und als man danach gefragt hat, hat sie gesagt, ich, ich, weiß von keinem Hemd.
Heiße Zeit und meine Mutter haben dann zu Hause auf ein Herrenhemd gespart und eines in der mittleren Kragenweite gekauft.
Der Farmer hat sich über das Hemd gewundert. *Roter Mond* ist nämlich wieder in die Türkei zurück. Sicher

hat das Hemd dann der Farmer getragen, sparsam, wie der war.

Ja, und deshalb, weil meine Mutter mir diese Geschichte erzählt hat, und das gleich ein paarmal, es ist nämlich meine Lieblingsgeschichte, und weil am Anfang dieser Geschichte dieses Buch steht, deshalb wollte ich es unbedingt haben.
Ich meine, das soll keine Entschuldigung sein. Es ist nur die Wahrheit. Und wenn ich mir denke, wie lange ich brauchen würde, um von meinen fünfzig Schilling Taschengeld wöchentlich die hundertneunundvierzig Schilling zusammenzuhaben, da hätt ich lange warten können. Und vielleicht wäre das Buch dann gar nicht mehr dagewesen.

Ich bin vor dem Spiegel gestanden und hab Grimassen geschnitten. Mein Kiefer knarrt. Ich glaub, ich bin schon eingerostet. Dabei bin ich doch wirklich gesprächig.
Moritz ist hinter mir gestanden im Handballdress und hat mir seine Muskeln gezeigt.
»Beachtlich«, hab ich gesagt, »aber schön kann ich das nicht finden.« Wenn er so weitermacht, kann er vielleicht *Mister Universum* werden und bekommt dann die Rolle des Tarzan.
Moritz kann den Tarzanschrei perfekt. Ich glaub, es geht ihm wieder besser.
Beiläufig hat er gesagt: »Was treibt eigentlich so die Angela?«
»Weiß ich nicht«, hab ich gesagt. »Ich seh sie eigentlich kaum noch. Sie geht mir richtig aus dem Weg. In der Schule seh ich sie, und da fällt sie durch ihre Blödheit auf. Aber sonst«, hab ich gesagt, »keine Ahnung, wirklich.«
»War ja nur so eine Frage«, hat Moritz gesagt. Und dann noch: »Ein großes Licht war die ja nie!«
Er ist gerettet! Oder tut er nur so?

Ich fülle eine Karte für ein neues Getränk aus. Man kann eine Reise nach Amerika gewinnen. Ich hab noch nie etwas gewonnen.

Der Arthur kümmert sich jetzt viel mehr um den Moritz, als er es früher getan hat. Manchmal am Abend gehen die beiden durch den Park. Ich hab einmal den Moritz gefragt: »Und was redet ihr da so, der Arthur und du?«
Der Moritz hat gesagt: »Wir reden vom Weltall.«

Weil heute abend Besuch kommt, schickt mich der Arthur vor Geschäftsschluß noch schnell zum Wein kaufen.
»Wer kommt denn«, hab ich gefragt.
»Das soll eine Überraschung sein«.
Ich bin schnell durch den Friedhof, durch den Park, das ist der kürzeste Weg, und da begegnet mir die Angela mit dem Achim. Sie hat so getan, als bemerke sie mich nicht, und der Achim auch. Erst waren sie noch eng aneinander, und als sie mich gesehen haben, sind sie auseinandergerückt und haben getan, als seien sie in ein Gespräch vertieft. Die denken wohl, ich bin blöd.

In der Weinabteilung bin ich der Frau Agostini begegnet. Ich wollte ihr sagen, daß wir Äpfel für sie haben, aber sie hat es so eilig gehabt und mich auch nicht bemerken wollen.
Was ist denn auf einmal los, hab ich mir gedacht. Ich hab ganz laut gesagt: »Grüß Gott, Frau Agostini!« aber sie hat mir den Rücken zugewandt. Da soll sich noch einer auskennen.
An der Kasse war sie um ein paar Leute vor mir, und ich hab gesehen, daß sie in ihrem Einkaufskorb nur zwei Kognakflaschen und eine Viererpackung mit Underberg gehabt hat.
So ist das, hab ich mir gedacht. Ich kann mir einen Reim darauf machen: Angela ist mit Achim zusammen, und deshalb stürzt die Frau Agostini ab. Sie ist ja schon öfter abgestürzt, hat sich aber immer wieder eingefangen.

Die Angela hat einmal erzählt, daß, als ihr richtiger Vater sich von ihrer Mutter wegen eines Modepüppchens getrennt hat, sie das erstemal abgestürzt ist. Dann

hat sie aber gottseidank durch einen guten Freund eine Stelle im Konservatorium als Klavierlehrerin bekommen.
Sie soll ja einmal ein Wunderkind gewesen sein.
Und aussehen tut sie, jedenfalls wenn es ihr gut geht, wirklich fabelhaft. Die hat es sicher auch nicht leicht gehabt. Sie ist ja eine Wienerin und hält viel auf den Apfelstrudel. Sie hat sich und die Angela mit den Klavierstunden durchbringen müssen. Freude hat ihr das nicht viel gemacht, sich mit den unbegabten Schülern herumzuschlagen. Nebenbei hat sie auch noch zum Ballettunterricht dazubegleitet, und das hat sie besonders angeödet. Statt Butter hat es bei denen zu Hause immer Margarine gegeben. Ich kann mich gut erinnern, wie sie mich einmal zu Kartoffeln mit Margarine einladen wollte.
Sie hat dann immer wieder Männer gehabt, und deshalb ist sie auch schief angesehen worden, von ihren Vermietern und überhaupt.
Einmal hat die Angela eine Geschichte von ihr erzählt, die so schauderhaft ist, daß ich gar nicht glauben kann, daß die wahr ist: Da hat die Frau Agostini wieder einmal einen Freund gehabt, der ohne Arbeit war und immer behauptet hat, daß er noch studiert. Er hat sich von ihr aushalten lassen, und als die Frau Agostini gemerkt hat, daß das verlogen war mit dem Studium, hat er ihr gleich einen anderen Bären aufgebunden. Nämlich, daß er krank sei und einen Gehirntumor habe. Und sie hat das geglaubt, weil sie ihn echt geliebt hat. Der Freund hat einen großen Schnapskonsum gehabt und ist die meiste Zeit im Bett gelegen. Die muß ihn wirklich geliebt haben. Angela hat erzählt, so sehr, daß sie ihn heiraten wollte, und ihm war das gerade recht. Deshalb wollte

sie ihn auch nach Schwabing mitnehmen und ihrer Mutter vorstellen. Die Mutter von der Frau Agostini soll anscheinend froh gewesen sein, ihre Tochter wieder verheiratet zu wissen, aber als sie den Zukünftigen gesehen hat, ist ihr ganz anders geworden. Er war betrunken und soll, sage und schreibe, in der Nacht ins Bett geschifft haben. Das erzählt jedenfalls die Angela. Daraufhin hat ihre Großmutter aus Schwabing einen Nervenzusammenbruch erlitten. Die Frau Agostini hat aber weiter zu ihrem Freund gehalten. Im Konservatorium hat man sie auch schon komisch angesehen, weil der betrunkene Freund immer gekommen ist, wenn er blank war, und eigentlich nur dann. Und irgendwann hat die Frau Agostini erfahren, daß ihr Freund eigentlich verheiratet ist und zwei Kinder hat, das hat ihr den Rest gegeben. Die Schwabinger Mutter ist angereist und ist ihr beigestanden, sonst hätte sie es im Leben nicht mehr ausgehalten.

Aber was das Schlimmste ist und für mich das Unwahrscheinlichste, und ich hab mir auch vorgenommen, einmal die Frau Agostini zu fragen, ob sich das wirklich und wahrhaftig zugetragen hat. Also: Eines Tages kommt die Polizei zu der Frau Agostini ins Haus, fragt, ob sie im Konservatorium arbeitet und wie dort ihre Arbeitsstunden sind. Und weiter fragt der Polizist, ob sie am soundsovielten um soundsoviel Uhr ihre Arbeit beendet hat und auf dem üblichen Weg nach Hause gefahren ist. Die Frau Agostini bejaht. Und dann stellt sich folgendes heraus: Auf dieser Straße ist ein kleines Mädchen niedergefahren worden, es war nicht tot, aber schwer verletzt. Und ein Zeuge soll gesehen haben, wie sie, die Frau Agostini, dieses Kind über den Haufen gefahren und dann Fahrerflucht begangen hat. Zum

Glück hat es einen anderen Zeugen gegeben, einen ihrer Schüler, und der hat bezeugt, daß er mitgefahren und das Ganze verlogen sei.
Das war die Rache des verstoßenen Freundes! Das muß man sich einmal vorstellen!

Der Achim ist auch ein Schüler von ihr. Minderbegabt im Klavier, und in den hat sie sich so sehr verliebt, die Ärmste! Mir tut sie so leid!
Und die Angela, dieses Luder, schnappt ihn ihr weg. *Wahnsinn!* Das ist der totale Wahnsinn! Und da kann ich das Wort ›wahnsinnig‹ getrost verwenden. Da würde mir selbst der Arthur zustimmen.

Und wer ist nun der Besuch?
Der Künstler, der noch seinen Ausdruck finden muß?
Der ist mir gerade eingefallen, warum, weiß ich auch nicht. Wie hat der doch gleich geheißen? Der war nie mehr da. Kennt den eigentlich die Mutter? Der war doch da, als sie im Krankenhaus gelegen ist. Und dann nie mehr.
Ich hab den Arthur gefragt, ob der es ist, und wo der jetzt eigentlich ist.
Arthur weiß es auch nicht. Er hat ihn aus den Augen verloren. »Komisch«, sagt Arthur. »Ich hab den überhaupt nie vermißt, aber jetzt, wo du davon sprichst, möchte ich gerne wissen, wie es ihm geht. Ich hab nämlich viel von ihm gehalten.«
»Warum«, hab ich gefragt, »was hat der überhaupt gemacht?«
»Gemacht hat er nichts, aber er wollte immer etwas machen«, hat Arthur gesagt. »Er wollte Theater spielen. Er wollte in die Welt hinaus und die verschiedenen Theater kennenlernen. Komisch, wie einem jemand so abhanden kommen kann!«
»Und wer kommt jetzt wirklich?« hab ich gefragt.
»Deine Aquarienfischtante.«
»Ach die«, hab ich gesagt, »die hat sich ja auch nie mehr blicken lassen. Lebt die eigentlich noch?«
»Freu dich doch«, hat Arthur gesagt, »die bringt dir sicher etwas mit.«

Daß sich jemand so verändern kann!
Ich meine, das ist schon lange her, seit ich die Aquarienfischtante das letzte Mal gesehen hab. Ich war ja damals vielleicht sechs.
Sie hat auch gar keine Fische mehr, und sie hat sich

kaum daran erinnert, daß sie einmal Fische gehabt hat. Schön ist sie mir schon damals vorgekommen, und ich hab ihr gern zugesehen, wie sie sich schön gemacht hat. Das war so, daß sie am Morgen anders ausgesehen hat als nach dem Schönmachen. Wie ein anderer Mensch. Sie hat ungefähr so ausgesehen wie die Damen in den eleganten Magazinen. Sie ist dann gleich nach Berlin gegangen und hat dort in einer Drogerie gearbeitet. Ich glaube, sie hat schon, als sie hier war, in einer Drogerie gearbeitet, sie hat nämlich immer Pröbchen von Cremes, Erfrischungstüchern und Parfum gehabt. Und viele Männer hat sie gehabt, das vor allem. Die haben ihr fast das Haus gestürmt. Sie ist meine leibhaftige Tante, die jüngste Schwester meiner Mutter, und jetzt, wo sie keine Fische mehr hat, will ich auch Tante Renate zu ihr sagen. Das ist ihr Taufname.

Die Mutter hat zu uns gesagt, daß wir nett zu ihr sein müssen, weil es ihr schlecht geht und sie einen großen Kummer hat. Sie hat einen Mann geliebt, und der hat sie auch geliebt, und dann auf einmal hat er sie nicht mehr geliebt und ist von ihr weggegangen.

Man sieht ihr den Kummer an. Sie ist wirklich nett. Sie sieht jetzt nicht mehr aufgemöbelt aus, aber trotzdem schön, irgendwie tugendhaft.

»Sie bleibt so lange bei uns«, sagt die Mutter, »bis sie eine Wohnung in unserer Stadt gefunden hat und eine Arbeitsstelle. Sie kann auf unserem Sofa schlafen.« Ich hab ihr mein Zimmer angeboten, denn manchmal muß sie noch weinen, und da ist es sicher besser, wenn sie allein sein kann.

Ich schlafe gern auf dem Sofa, da kann ich länger aufbleiben und außerdem immer zuhören, wenn die am Abend noch reden.

Die Tante Renate hat uns allen etwas mitgebracht. Dem Moritz zwei Tennisschläger und einen guten Ball dazu, dem Michael ein kleines Radio und mir eine noble Ankleidepuppe mit viel Garderobe.
Als sie mich gesehen hat, war sie unsicher wegen des Geschenks, sie hat Angst gehabt, ich könnte es kindisch finden. Sie will mir noch etwas zum Anziehen kaufen, ob ich mir denn etwas Bestimmtes wünsche.
»Ja«, hab ich gesagt, »ich hätt gern so eine weite Fliegerjacke.«
»Die Bella will nämlich fortfliegen«, hat der Arthur gesagt und mir ein Auge gedrückt.

Heute ist ein Brief aus Griechenland angekommen. Der kann nur vom Zweitvater sein. Ich warte, bis er offen herumliegt, dann will ich ihn lesen.
Die Schrift meines Zweitvaters ist unter jeder Kanone. Ich frag die Tante Renate, ob sie mir vorliest:

Liebe Gudrun,
Du kennst ja meine Reiselust, und so bin ich in Griechenland gelandet. Meine Frau und Dodo wollten nicht mitkommen.
Sicher ahnst Du den Grund, warum ich Dir schreibe. Es geht um Michael. Wenn ich mir vorstelle, daß er wieder aus etwas herausgerissen würde, das wäre doch unverantwortlich. Und was sollte er auch hier in Griechenland.
Du wolltest ihn ja immer haben, und erinnere Dich bitte, was für ein Theater das gewesen ist, als ich ihn damals mitgenommen habe. Du hast so getan, als überlebtest Du seinen Verlust nicht. Jetzt ist es an Dir, ob Du ihn behalten willst oder nicht. Wenn nein, wäre ich gezwungen, meinen Aufenthalt hier abzubrechen. Ich denke mir, das Beste ist, er bleibt bei Euch, und Dein neuer Mann scheint mir soweit auch vernünftig zu sein. Aufregend kann ich ihn nicht finden, aber er wird schon richtig für Dich sein. Um das mit Michael festzumachen, brauchen wir keinen Anwalt und keine Urkunde, wir sind ja beide vernünftige Menschen. Momentan habe ich leider hier noch keinen festen Wohnsitz. Habe ich einen gefunden, so schreibe ich Dir gleich, und Du kannst mir dann an diese Adresse einen Brief schreiben. Ich denke öfter an Dich, als mir lieb ist.
                                              Dein Verblichener

»Der tut ja so«, hat die Tante Renate gesagt, »als handle es sich beim Michael um ein Wirtschaftsgut. Der hat es doch bei euch viel besser. Möchtest du«, hat sie mich gefragt, »daß er für immer bei euch bleibt?«
»Ja, natürlich«, hab ich gesagt, »schließlich ist er mein Fleisch und Blut.«
»Den würd ich gut aufbewahren, den Brief«, hat Arthur zu meiner Mutter gesagt, »man weiß ja nie, was dem noch einfällt.«

Ich bin richtig froh, daß die Tante Renate bei uns wohnt. Sie kocht, räumt auf, kümmert sich um den Michael, und dabei ist sie geduldig. Er macht bis jetzt überhaupt noch keine Fortschritte in der Schule. Arthur versteht sich gut mit der Tante Renate.
Einmal, als die Mutter vom Arbeiten nach Hause gekommen ist, sind beide auf dem Sofa gesessen und haben geraucht.
»Ihr habt es ja sehr gemütlich, ihr beiden«, hat sie gesagt.
»Es ist gar nicht leicht, eine Arbeitsstelle zu finden«, hat die Tante Renate gesagt, »und hab ich keine Stelle, hab ich kein Geld und kann mir keine Wohnung leisten.«
»Dann bleibst du eben bei uns«, hat die Mutter gesagt.

Ein Bild von der Handballmannschaft ist in unserer Tageszeitung, und Moritz wird eigens genannt, weil er vier Tore geschossen hat. Aber ich hab den Eindruck, daß es ihm gar nicht so wichtig ist. Arthur hat gesagt, das mit Angela geht länger als wir denken, und bis er das überwunden hat, läuft noch viel Wasser den Berg hinunter.

Michael hat für Magulin einen toten Vogel mitgebracht, und Magulin schleift ihn so lange in der Wohnung herum, bis die Tante Renate Schluß macht.
Sie sagt: »Euch graust wohl vor gar nichts.«

Die Alla liegt im Krankenhaus. Man hat ihr den Blinddarm herausgeschnitten.
»Gib mir Geld«, hat Michael zur Mutter gesagt, »ich muß der Alla in der Bäckerei einen Kaktus aus Marzipan kaufen. Sie mag einen Kaktus gern und Marzipan auch, da hat sie dann beides in einem.«

Nächste Woche geht die Tante Renate mit Michael und mir in den *Österreichischen Nationalzirkus,* das hat sie versprochen, und was sie verspricht, das hält sie auch.

Die Tante Renate sagt: »In Berlin geht alles schneller als bei euch.« Sie sagt, daß sie kein Heimweh hat, weil sie ja hier zu Hause ist. Alle Pullover, die sie einmal zu heiß gewaschen hat, gehören jetzt mir.
Ich hab gesehen, daß sie Briefe schreibt, die sie nicht abschickt. Sie sind an ihren ehemaligen Bräutigam adressiert. Vier verschlossene Briefe liegen schon auf meinem Bücherregal. Manchmal hat sie noch verweinte Augen, aber sie läßt sich nichts anmerken.
»Du bist ja noch jung«, hab ich einmal zu ihr gesagt, als sie wieder geschwollen im Gesicht war. »Sicher findest du noch einen Mann.« Und dann hab ich ihr die Geschichte mit Moritz und Angela erzählt, weil das ja im Prinzip das gleiche ist.
Die Tante hat geseufzt und gesagt: »Was bist du bloß für ein neunmalkluges Kind!«

Die Tante hat meiner Mutter einen komischen Traum erzählt. Es war schon spät, und ich bin schlafbereit auf dem Sofa gelegen. Und der ging so: In einem großen Haus steht eine Kinderwiege. Die Matratze mit den blauen Bären hat in der Mitte einen runden feuchten Fleck. Ich nehme sie heraus und merke, daß unter der Nässe lauter kleine Tierchen herumkriechen, das gleiche finde ich unter der Matratze auf der Wolldecke und am Wiegenrand. Ich nehme das kleine Kind und trage es ins große Schlafzimmer. Aber bald sehe ich im Schlafzimmer schöne handgroße, schwarze Tiere mit gelben Schnäbeln, die eifrig herumkriechen, und es werden immer mehr. Ich lege das kleine Kind auf den großen Kasten, weil sich die Tiere nicht in die Höhe bewegen können. Selber sperre ich mich ins Klosett ein. Ich verhänge die Spiegeltüre mit Tüchern. Draußen werde ich gerufen und aufgefordert, augenblicklich zu öffnen. Ich stelle mich auf die Klobrille, weil sich auf dem Boden die schwarzen, handgroßen Tiere breitmachen. Dann bin ich plötzlich auf dem Bahnhof und sehe, daß meine Schuhe ganz schmutzig sind. Ich ziehe sie aus und putze sie mit einer Bürste, auf der rote Schuhcreme ist. Mit meinem Mantelende putze ich gerade den ersten Schuh, als der Zug einfährt. Ganz panisch ziehe ich den Schuh an und putze noch an dem zweiten und renne auf dem Bahnsteig dem Zug nach, der gerade abfahren will. Ich renne wie verrückt, einen Schuh am Fuß, den anderen in der Hand. Der Nebel steigt, und alles wird weiß. Meine Volksschullehrerin, Ida Ritonia, steigt aus dem fahrenden Zug ganz ruhig und reicht mir die Hand zum Einsteigen.

»Deut ihn lieber nicht, den Traum«, hat meine Mutter

gesagt, »ich halte nichts vom Traumdeuten, und dann wird alles noch schlimmer oder erst richtig schlimm.«
Meine Tante hat zum Weinen angefangen, und die Mutter hat sie in den Arm genommen, als sei es ihr Kind, obwohl die Tante sicher einen Kopf größer ist.

Und eines Tages fliegt ein Telegramm ins Haus, adressiert an die Tante Renate.
Sie liest es, wird rot im Gesicht, die Hände zittern, dann läßt sie sich auf einen Stuhl fallen und sagt zu sich selber: »Aber nicht mit mir. Nein wirklich nicht.«
Auf dem Telegramm steht: Komm zurück – vermisse Dich – erwarte Dich – Josef.
Jetzt ist doch alles gut.
Sie will nicht. Sie sagt, daß sie nicht mehr will. Ich versteh das nicht. Dabei liegen vier Briefe an Josef auf meinem Bücherregal.
»Das mußt du auch gar nicht verstehen«, hat die Tante gesagt, »und sei froh darüber, daß du nicht mußt.«

Seit drei Tagen ist die Angela nicht mehr in der Schule. Weil noch keine Entschuldigung da ist, werde ich vom Klassenlehrer beauftragt, mich bei der Frau Agostini zu erkundigen, was ihr fehlt.
Sie schicken mich hin, weil sie denken, daß ich die beste Freundin von der Angela bin. Dabei tut sie doch, als kenne sie mich nicht und ihre Mutter auch.
Ich nehme die Nylontasche mit den Äpfeln und gehe, es bleibt mir ja nichts anderes übrig.

Die Frau Agostini hat die Tür immer nur angelehnt. Sie ist nicht im Wohnzimmer, sie ist nicht in der Küche, ich rufe: »Ich bins, die Bella, ich bringe Äpfel für einen Strudel.« Keine Antwort. Ich gehe ins Schlafzimmer.
Die Frau Agostini sitzt aufrecht im Bett und sagt: »Das ist aber schön, daß du mich besuchen kommst, eben habe ich etwas Schreckliches geträumt.«
»Sind Sie denn krank«, frag ich, »ich meine, weil Sie im Bett sind?«
»Nein, krank bin ich nicht, nur müde«, sagt sie.
Ein bißchen angetrunken kommt sie mir vor, aber mäßig, eine Kognakflasche steht auf dem Nachtkästchen.
»Ich soll fragen«, sag ich, »wo die Angela ist. Der Klassenlehrer schickt mich.«
»Ach«, sagt sie, »deshalb kommst du, und ich dachte schon, du kommst wegen mir.«
»Ja«, sag ich, »hauptsächlich komm ich wegen Ihnen.«
»Das ist schön.«
Irgendwie fühl ich mich gar nicht wohl, die Luft ist schlecht, und ich frage, ob ich nicht ein Fenster öffnen soll. »Mir ist nämlich so heiß«, sag ich.
»Weil du jung bist, ist dir heiß, mir ist kalt.«

»Geht es Ihnen nicht gut«, frag ich, »soll ich vielleicht meine Mutter holen? Mit meiner Mutter kann man gut reden.«
»Nein, ich kenne deine Mutter ja kaum.«
»Und dem Klassenlehrer«, frag ich, »was soll ich dem sagen, wann die Angela wiederkommt. Wo ist sie überhaupt?«
»Komm setz dich zu mir. Weißt du, dich hab ich immer ganz besonders gern gehabt. Du bist ein gutherziges Mädchen.«
Ich kenn mich überhaupt nicht mehr aus. Was soll ich jetzt. Ich sitze am Bettrand, und sie hält meine Hand. So bald wird sie die nicht loslassen.
»Mir ist so heiß«, sag ich. »Ich glaub, ich muß meine Jacke ausziehen.«
»Weißt du, wenn ich mir recht überlege, kenne ich niemand so gut wie dich, und deshalb erzähle ich dir, was geschehen ist.«
»Meingott«, denk ich mir, »die Angela ist sicher wieder abgehauen.«
»Aber erst will ich dir meinen Traum erzählen. Der läßt mich nämlich nicht los.«
»Mir ist so heiß«, sag ich. »Soll ich nicht doch das Fenster aufmachen?«
»Geh nicht weg, bleib sitzen.« Ganz fest umklammert sie meine Hand.
»Ja«, sag ich, »aber ich muß gleich wieder gehen, meine Mutter weiß nämlich gar nicht, daß ich hier bin.«
»Geh nicht weg, bleib sitzen.« Sie sieht mich so an. Mir ist ganz schlecht. Echt zum Kotzen. Die lüftet überhaupt nie, kommt mir vor. Überall liegen Kleider herum, Strumpfhosen, Büstenhalter, ein Schuh da, der andere dort.

»Ich hab geträumt«, sagt sie, »am Abend hat mir jemand einen wunderschönen Zweig geschenkt mit kleinen, zarten Knospen. Und über Nacht sind aus den Knospen Würmer gekrochen. Aus jeder Knospe ein langer Wurm.«
»Ja«, sag ich, »meine Tante träumt auch so komische Sachen. Aber man soll sie ja nicht deuten, die Träume«, sag ich, »dann wirds nur noch schlimmer.«
»Ja«, sag ich, »soll ich Ihnen vielleicht einen Tee machen oder sowas oder Butterbrot.«
»Ich kann auch schon die Äpfel aufschneiden«, sag ich, »für den Strudel. Dann müssen Sie nur mehr den Teig machen.«
»Nein«, sagt sie, »bleib sitzen, geh nicht weg.«
»Ja, oder«, sag ich, »soll ich vielleicht in die Apotheke gehen und Kopfwehpulver holen, mein Vater leidet auch unter Kopfweh, das muß schrecklich sein.
»Nein, bleib einfach. Ganz ruhig. Weißt du«, sagt sie, »der Achim will die Angela heiraten, weil sie ein Kind bekommt.«
»Was«, sag ich. Ich hab Angst, daß ich nicht richtig gehört hab. Aber wiederholen will ich das nicht.
»Ja, aber«, sagt sie, »du brauchst keine Angst zu haben, der Achim wird sie nicht heiraten, und sie wird das Kind nicht bekommen. Und ich werde keine Großmutter.«
Dann lacht sie.
»Mir ist so heiß«, sag ich, »ich glaub, ich muß jetzt gehen, sonst sorgt sich meine Mutter.«
»Meine Mutter«, sagt sie, »weißt du, die kennst du, die Schwabinger Großmutter, die sorgt dafür, daß die Angela das Kind nicht bekommt.«
»Und dem Klassenlehrer«, frag ich, »was soll man dem sagen?«

»Dem sagen wir einfach nichts, hmm«, sagt sie und zwinkert mir zu. »Überhaupt sagen wir niemand etwas davon. Das ist ein Geheimnis. Das ist ein Geheimnis«, sagt sie, »Bella, das wissen nur wir zwei.«
»Ich sag schon nichts«, sag ich. »Dem Klassenlehrer sag ich, daß überhaupt niemand zu Hause war. Geht das«, frag ich.
»Das überlasse ich ganz dir. Bist du meine Freundin?« fragt sie.
»Ja, bin ich«, sag ich, »wenn Sie meinen.«
»Du bist meine einzige Freundin«, sagt sie, »und deshalb schenke ich dir etwas.«
Sie kramt in der Nachttischschublade und hält mir eine goldene, feine Kette mit einem Kreuz hin.
»Nein«, sag ich, »ich möcht das nicht, wir haben nämlich zu Hause massenhaft solche Ketten.«
Dann renn ich weg.
Meingott, mir ist ganz schlecht.
Wieso immer ich, wieso immer ich.

Zuhause ist nur der Arthur, und der schreibt. Mir egal. »Du mußt mitkommen«, sag ich, »ich glaub, die Frau Agostini ist krank. Du mußt einen Doktor holen.«
»Wieso denn?« fragt Arthur. »Was hat sie denn. Und wieso muß ich einen Doktor holen?«
»Weil das deine Pflicht ist, als Mensch«, sag ich.
»Was ist denn mit dir los«, sagt er, »mit dir soll sich einer auskennen.«

Dem Arthur kommt es komisch vor, und er geht mit.

»Wie komm ich mir bloß vor«, sagt er. »Gehe da in ein fremdes Haus, ich kenne die Frau ja kaum.«
»Die Frau Agostini hat die Türe immer nur angelehnt. Du mußt ins Schlafzimmer«, sag ich.
Ich geh nicht hinein.
Ich denke, ganz schnell, Agostini von hinten herum: Initsoga.
Arthur ist bleich im Gesicht. »Meingott«, sagt er, »da kann man nichts mehr machen.«
Und ich heule und ich sage: »Mir glaubt ja keiner.«
Arthur nimmt mich auf den Arm, kaum, daß er mich halten kann, und schleppt mich nach Hause.

Ich weiß nichts. Ich sag immer nur: »Ich weiß nichts.« In der Schule sag ich: »Ich weiß nichts.« So lange sag ich: »Ich weiß nichts«, bis sie mir glauben, daß ich nichts weiß.

Die Angela ist nie mehr in die Schule gekommen. Die Schwabinger Großmutter wird das schon geregelt haben mit dem Klassenlehrer. Die ist ja eine resolute Person. Vom Achim weiß ich überhaupt nichts.

Das Grab ist in der Mitte vom Friedhof. Ich geh immer ganz schnell vorbei.

»Wieviel Tabletten muß man eigentlich nehmen, bis man tot ist«, hat der Michael gefragt.
Und weil keiner reagiert hat: »Ich frage, wieviel Tabletten muß man eigentlich nehmen, bis man tot ist.«

Ich muß mich um meine zwei Katzen kümmern. Wo stecken die eigentlich. Ich hab sie total vernachlässigt.

Im Zirkus hab ich meinen richtigen Vater getroffen. Er hat gefragt: »Weißt du überhaupt wer ich bin?«
»Klar«, hab ich gesagt, »du bist mein richtiger Vater.«

Monika Helfer

Oskar und Lilli
Roman. 283 Seiten. SP 2165

Die ebenso heitere wie schmerzliche Geschichte zweier Kinder, die ihren Platz in der Welt suchen.

»So etwas Unsentimentales über das Zusammenleben der unterschiedlichen Generationen habe ich schon lange nicht mehr gelesen.«
Süddeutsche Zeitung

Die wilden Kinder
Roman. 155 Seiten. SP 659

»Monika Helfers Buch ist klug, witzig, klarsichtig und von der ersten bis zur letzten Zeile ein Lesevergnügen«, begeisterte sich die »Neue Zürcher Zeitung« über die Geschichten von Bella und Angela. In einer chaotischen Welt der Erwachsenen versuchen sie mit Frechheit, Phantasie und viel Mut ihre Träume vom großen Glück (Angela) und von der kleinen, aber sicheren Ordnung (Bella) zu realisieren. Mit einem nicht zu brechenden Optimismus kämpfen die Kinder zwischen Erst-, Zweit- und Drittvätern und eifersüchtigen Müttern um ihre Geschichte, um ihr Leben.

Der Neffe
Erzählung. 125 Seiten. SP 1829

Drei Wochen soll Isabella, großstädtische Exzentrikerin aus Berlin, ihren elfjährigen Neffen in der österreichischen Provinz hüten. Albert freut sich auf die Zeit der Freiheit und auf exotische Abenteuer. Nicht weniger erwartungsvoll ist Isabella: Gerade einer verunglückten Liebschaft entronnen, wittert sie in der Provinz das geeignete Revier für ein paar sexuelle Raubzüge. Doch wo zwei die gleichen Interessen verfolgen, kommt es früher oder später zum Krieg. Als Isabellas Liebhaber zum Dauergast wird, ist Alberts Toleranz am Ende… Was wie eine leichte Sommergeschichte beginnt, entwickelt sich zunehmend zu einer Horrorstory, ebenso amüsant wie verstörend, ebenso schön erfunden wie wahr.

»Eine gimmige und kurzweilige Etüde über den alltäglichen Schrecken.«
Neue Zürcher Zeitung

SERIE PIPER

Birgitta Arens
Katzengold
Roman. 224 Seiten. SP 2421

Wie die Mächenprinzessin Sheherazade und die Florentiner Adelsgesellschaft des »Decamerone« Geschichten erzählen auf Leben und Tod, so tun dies auch ihre späten Nachfahren: Großmutter und Enkelin aus einem kleinen Dorf im Westfälischen. Während jene noch ihre Märchen und Novellen im Wettlauf mit dem Tod vortragen, ist dieser hier von Beginn an entschieden: Großmutter stirbt – doch mit ihr nicht die Erinnerung an ehedem, nicht die Lust der Enkelin, ihre Kindheit fabulierend an sich vorbeiziehen zu lassen. Erzählt wird von einer zukurzgekommenen Elterngeneration auf der angestrengten Jagd nach Glück. Von Papa, dem Aufsteiger ohne erlernten Beruf, von Mama, die nicht vergißt, wo sie herkommt, und stets das kleinere Übel vorzieht. Erzählt wird von der richtigen Liebe und falschen Freunden – und immer wieder vom Glück.

»Katzengold« ist eine autobiographische Fantasie, eine kunterbunte Familienchronik, ein spielerischer Roman. Birgitta Arens fügt in ihrem Roman Geschichten, Anekdoten und Erinnerungsfetzen zu einem Mosaik, das sich im Spiegelkabinett der Imagination bricht. Kolportage mischt sich mit Märchen und Mythos, die Litanei mit dem Lied, die Tragödie mit Slapstickelementen. Zeiten und Perspektiven wirbeln in bunter Folge durcheinander, Selbstreflexion verschmilzt mit Traumvisionen. »Katzengold« kommt lustig und traurig daher, witzig, trivial und elegisch, literarisch meisterlich und unterhaltend zugleich – ein humorvoller, intelligenter Roman.

»Indem sie scheinbar private Lebensaugenblicke erzählt, schreibt Birgitta Arens auch eine Geschichte der Bundesrepublik Deutschland und des gar nicht so wunderbaren Lebens der Menschen im Wirtschaftswunderland.«
Die Zeit

Marcel Pagnol

Marcel
Eine Kindheit in der Provence. Aus dem Französischen von Pamela Wedekind. 276 Seiten. SP 2426

Marseille um die Jahrhundertwende: Eine fünfköpfige Familie bricht auf zu Ferien in der Provence – und hier beginnt für den elfjährigen Marcel ein Sommer voller Schönheit und Abenteuer in den Wiesen und Hügeln der Estaque inmitten von Zikaden und dem Lavendel- und Rosmarinduft der Hochebene. Sein bester Freund, der Bauernjunge Lili, führt ihn zu den geheimen Höhlen und verborgenen Quellen und zeigt ihm die beste Methode, geflügelte Ameisen zu fangen. Der leichte und poetische Ton besticht durch den zärtlichen Blick, in dem Arglosigkeit und Ironie verschmelzen und der kindliche Kosmos wiederaufersteht.

Die bezaubernden und weltberühmten Erinnerungen an die eigene Kindheit, getragen von der großen Herzensgüte ihres Autors.

Marcel und Isabelle
Die Zeit der Geheimnisse. Eine Kindheit in der Provence. Aus dem Französischen von Pamela Wedekind. 195 Seiten. SP 2427

Die paradiesische Ferienidylle des elfjährigen Stadtjungen Marcel, der den Sommer mit seiner Familie in der Provence verbringt, erfährt einen jähen Einbruch in Form eines blonden, verzogenen Geschöpfs, das sich vor Schlangen fürchtet: Die tyrannische Isabelle tritt in Marcels Leben und macht ihn zu ihrem Knappen. Nun eröffnet sich das ganze Spektrum kindlicher Liebe, die in ihrer Absolutheit und Grausamkeit Marcel in heillose Verwirrung stürzt, ihn aber zugleich auch die großen Dinge des Lebens erahnen läßt. Behutsam nähert sich Marcel Pagnol seiner eigenen Kindheit und bewahrt dadurch Distanz, aber auch Zärtlichkeit und Ironie.

Die Wasser der Hügel
Roman. Aus dem Französischen von Pamela Wedekind. 423 Seiten. SP 2428